KB123623

로크미디어가
유혹하는
재미있는 세상

ROK
MEDIA
로크미디어

바인더북

바인더북 28

2017년 11월 16일 초판 1쇄 인쇄
2017년 11월 21일 초판 1쇄 발행

지은이 산초
발행인 이종주

기획 팀 이기헌 왕소현 박경무 이승제
책임 편집 이정규

발행처 (주)로크미디어
출판등록 2003년 3월 24일
주소 서울시 마포구 성암로 330 DMC첨단산업센터 3층 314호
Tel (02)3273-5135 **Fax** (02)3273-5134
홈페이지 rokmedia.com **E-mail** rokmedia@empas.com

ⓒ 산초, 2013

값 8,000원

ISBN 979-11-294-1633-9 (28권)
ISBN 978-89-257-3232-9 04810 (세트)

이 책의 모든 내용에 대한 편집권은 저자와의 계약에 의해
(주)로크미디어에 있으므로 무단 복제, 수정, 배포 행위를 금합니다.

작가와의 협의에 의해 인지는 생략합니다.
잘못된 책은 구입처에서 바꾸어 드립니다.

BINDER BOOK

BOOK

바인더북

28

| 산초 퓨전 장편소설 |

contents

BInDER
BOOK

대재앙

새벽 03시 50분.

선양 랴오중구 북방 10킬로미터 지점에 위치한 선양군구 랴오닝성 군구 집단군 ○○부대 ○○중대 상황실.

찌르릉. 찌르릉.

상황실의 알람 시계가 요란하게 울렸다.

찌르릉. 찌르르르릉.

야전침대 머리맡에 둔 동그란 알람 시계가 그래도 깨지 않고 코를 골며 자고 있는 쉬치안에게 신경질을 내듯 더 시끄러운 소리를 냈다.

"우우웅."

코를 골며 자고 있던 쉬치안이 천근만근처럼 짓누르는 눈

꺼풀을 쉬 뜨지 못하고 몸을 뒤척였다.

그러나 야속한 알람 시계는 여전히 시끄럽게 울어 댔다.

찌릉. 찌르르르르릉.

"우쒸, 시끄러워."

결국 견디지 못한 쉬치안이 얼굴을 베개에 파묻은 채 손을 뻗어 더듬었다.

탁!

알람 소리는 그쳤지만 당번사령이라 기상할 수밖에 없는 처지인 쉬치안은 몸을 일으킬 수밖에 없었다. 04시 정각에 해야 할 일이 있는 것이다.

"끙. 날이 갈수록 몸이 무겁군."

몸이 피로를 이기지 못함을 확연히 느낀 쉬치안은 '이 짓거리도 못해 먹겠네.'라며 속으로 중얼거렸다.

그럴 것이 일주일 동안 계속되는 당번사령직은 군대 생활 10년이 지나도록 도통 적응이 되지 않았기 때문이었다.

쉬치안은 중국인민해방군 선양군구, 즉 북부전구 예하 랴오닝성 군구 집단군 소속의 군인으로, 연장(중대장)이었고, 계급은 소교(소령)였다.

군복을 걸친 채 잠자리에 들었던 쉬치안이 서둘러 야전 상의를 걸치며 소리쳤다.

"쩐 열병!"

"옛!"

벌컥!

출입문이 열리면서 상황실에서 근무하던 앳된 얼굴의 병사가 들어섰다.

"밖의 날씨는 어때?"

"춥습니다."

"눈은?"

"안 내립니다."

"좋아, 초소 순시를 하겠다. 당직사관은 어딨나?"

"화장실에 갔습니다."

"오는 대로 순시 준비하라고 해."

"옙!"

쩐 열병이 힘차게 대답을 하고 문을 닫으려는 그때다.

쿠―웅!

"응? 뭔 소리지?"

멀리서 들려오는 소리였지만 심장이 덜컥할 정도로 심상치 않은 폭음에 쉬치안이 밖으로 나가려 했다.

바로 그때, '드드드' 하고 창문이 살짝 떨리고 천장에 매달린 갓등이 삐걱거렸다.

"윽! 뭐야? 지, 지진?"

지진인가 싶은 생각이 드는 그때였다.

쿠쿠쿵! 쿵! 쿵!

뒤이은 폭발음에 심장이 쫄깃해진 쉬치안이 버럭 소리쳤

다.

"씨발, 지진이다! 밖으로 나가!"

후다닥.

<u>트드드드드드드</u>…….

지축의 흔들림이 보다 더 강해졌다.

"으아아아아ー!"

잽싸게 밖으로 튀어나온 쉬치안의 귀로 쩐 열병의 목소리
가 들려왔다.

"연장님, 저, 저기……."

"응?"

쩐 열병이 가리키는 곳으로 시선을 돌린 쉬치안의 눈에 저
멀리서 마치 노을의 절정 같은 붉은 화염이 치솟는 모습이
들어왔다.

"헉! 저, 저게……."

"연장님, 무경사단이 있는 쪽입니다!"

"그, 그래, 119사단……. 망원경을 가져와라."

"예."

타다다다…….

"헉, 헉! 연장님, 지, 지진입니까?"

당직사관 완장을 찬 병사가 한 손으로 허리춤을 부여잡고
는 헐떡거리며 달려왔다.

"첸린 상등병, 아무래도 119사단의 화약고가 터진 것 같

다.”

“예에? 화, 화약고가 터져요?”

“그래, 지진이 저런 현상을 보일 수는 없잖아?”

“마, 맙소사!”

첸린 역시 입이 쩍 벌어졌다.

산이 흔적도 없이 무너지고 아름드리나무가 뿌리째 뽑혀 하늘로 치솟다가 순식간에 재로 변하는 광경에 입이 다물어지지 않는 첸린이었다.

“이 녀석들아! 지금 넋 놓고 있을 때가 아니다! 쩐 열병은 빨리 비상 경고음을 울리고 첸린은 애들 모두 깨워!”

“이미 다 나온 것 같은데요?”

첸린의 말처럼 폭발음이 시끄러웠던지 단잠에서 깬 병사들이 부대 막사에서 꾸역꾸역 기어 나와 상황실로 몰려들었다.

“잘됐군. 어차피 상부에서 비상을 걸 테니 완전무장한 채 대기하라고 해.”

“옙!”

애앵. 애앵. 애애애애애애앵—! 콰! 쾅! 콰콰콰쾅—!

비상 사이렌이 울림과 동시에 천번지복할 굉음이 연이어 터져 나왔다.

“허억!”

“윽! 여, 연쇄 폭발이다!”

연달은 폭발음에 지레 놀라 몸을 바짝 낮춘 쉬치안이 고개를 들어 올려다보고는 기겁을 했다.

"헛! 대체 뭐가 터진 거야?"

그의 망막을 가득 채운 건 붉은 화염이 하늘을 빠른 속도로 메워 가는 광경이었다.

장관이었지만 그걸 감상할 담력이 쉬치안에겐 없었다.

'허억! 저 정도면…… 여기까지 오는 거 아냐?'

아니, 덮치고도 남았다.

생각이 씨가 되었는지 발바닥에 감촉이 왔다.

드드드…….

'벌써? 제, 젠장 할.'

전초전이 너무 빨랐다.

감촉이 더 진해지는 건 당연한 일이었다.

투두두두두…….

그리고 계속 이어지는 굉음.

쾅! 콰! 쾅! 콰콰쾅―!

지진의 여파에 '우지끈' 하고 전봇대가 줄줄이 무너지고 있었다.

콰과곽. 쿵. 쿵.

파직. 파지지직.

새어 나온 전류에서 불똥이 사방으로 튀었다.

뻐뻥―!

바인더북

마침내 변압기마저 터져 버렸다.

"위험하다! 모두 물러나라! 어, 엄폐해!"

버럭 고함을 지른 쉬치안이 무전병을 찾았다.

"짜뚜! 무전기 가져와!"

"옛!"

그때, 첸린 상등병의 고함소리가 들려왔다.

"연장님! 다, 당장 대피해야겠습니다! 저기, 저길 보십시오!"

"……!"

첸린 상등병의 손끝을 따라간 쉬치안의 눈이 점점 커지더니 종내에는 찢어질 듯 치켜 오르고 핏발까지 섰다.

붉은 화염을 배경으로 한 흙더미가 허공에서 폭풍으로 화했고, 땅거죽은 밀가루 반죽처럼 거센 파도가 되어 짓쳐 오고 있는 것이 아닌가?

"쓰, 쓰나미!"

쉬치안은 일순 넋이 나가 버렸다.

상상의 범주를 훌쩍 뛰어넘어 버린 먼지폭풍과 땅거죽 쓰나미에 쉬치안의 얼굴은 석고상처럼 딱딱해졌다.

파르르르.

눈가에 경련이 일었다.

이럴 때를 대비한 교육은 받은 적도 경험한 바도 없어 뭘 어떻게 해야 할지를 몰랐다.

명확한 사실은 엄청난 규모의 쓰나미가 짓쳐 오는 속도로 보아 도저히 피할 수가 없다는 점이다. 그에 쉬치안은 패닉에 들었다.

"연장님, 무전기……."

'쒸불, 그래도 할 일은 하고 죽어야지.'

무전기를 받아 쥔 쉬치안이 고함을 질렀다.

"모두 대피하라. 운전병!"

"옛!"

"빨리 차 시동 걸어!"

"알겠습니다."

"인마! 죽어라고 밟아! 안 그러면 다 뒈져!"

"옙!"

콰과과과과…….

'빌어먹을…….'

둔중하게 들려오는 소음이 등을 마구 떠미는 기분이 든 쉬치안은 연신 다급하게 소리쳤다.

"첸린! 애들 빨리 탑승시켜!"

"옛! 다들 들었지? 뛰어!"

"으아아아……."

비명을 지르며 트럭이 있는 곳으로 내달리는 병사들.

그러나 아직은 체감이 되지 않았는지 공포에 찌든 표정들은 아니었다.

바인더북

"연장님, 빨리 가시죠."

"첸린, 여긴 내가 맡을 테니 넌 애들을 책임져. 어서 가! 명령이다."

"예, 옙!"

첸린이 돌아서 뛰는 것을 본 쉬치안이 머리를 절레절레 흔들었다.

어차피 도망가다가 죽을 것이다. 하지만 지금 당장은 그것밖에 해 줄 것이 없는 걸 어떡하나?

폭발의 규모로 보아 어림잡아도 후방 10킬로미터쯤은 집어삼키고도 남았으니 피할 도리가 없다.

늦어도 5분이면 산더미 같은 쓰나미가 덮칠 것이다.

5분 안에 반경을 벗어나기는 어려웠다.

'왕빠단. 방공호 하나쯤 있어야 한다고 그렇게 말했건만⋯⋯.'

허접한 방공호일지라도 만들어 놨었다면 혹시 하는 마음은 있었을 것이다. 발굴하느라 애는 좀 쓰겠지만.

"짜뚜, 너도 가!"

"연장님은요?"

"나? 할 일은 해야지. 어서 가!"

털썩!

"어차피 뛰어 봤자 부처님 손바닥 안의 손오공입니다. 번호 맞춰 놨으니 단추만 누르시면 됩니다."

"하하핫. 이 통화가…… 마지막 유언인 셈이군."

딸깍. 치이익.

"여기는 랴오닝성 군구 집단군 ○○부대 ○○경계 중대다. 본부 나와라."

─본부다. 말하라.

"긴급 사항이니 말 끊지 말고 듣기 바란다. 금일 정각 04시를 기해 무경 119사단에서 폭발이 일어났다. 현재 시각 04시 09분 하늘은 화염으로 뒤덮였으며 땅거죽이 거대한 쓰나미가 되어 휩쓸어 오고 있는 중이다. 본 중대는 무경 119사단과 10킬로미터 인접 거리에 위치해 있다. 본 중대까지 도착 시간은 대략 5분 정도로 예측된다. 쓰나미의 규모를 짐작한 결과, 본 중대 후방 20킬로미터 이상 영향을 끼칠 것으로 보인다. 신속히 대처하기 바라며, 아울러 본인과 중대원들은 도저히 피할 방도가 없어 현장에서 산화한다. 뒷일을…… 부탁한다. 이상."

─알……았다. 뒷일은 걱정 마라.

치이익. 딸깍.

상황실 앞의 엄폐호에 등을 기댄 쉬치안의 눈에 꽁무니가 빠지도록 내닫는 트럭 세 대가 들어왔다.

'부디 살아남기를 바란다.'

내심으로 기도하듯 읊조린 쉬치안이 무전병 짜뚜의 어깨를 감싸고는 눈을 감았다.

‘이건 너무 가혹한 형벌이로군.’

파츠츠츠츠······. 쿠콰콰콰콰······.

지축의 흔들림은 점점 더 거세져 엉덩이가 다 아플 지경이었다.

슝. 슈웅. 슈우웅. 퍽! 퍼억! 퍽! 퍽! 퍽!

온갖 파편들이 날아와 처박히는 소음 역시 점점 더 가까워지고 있었다. 아니, 금방이라도 자신의 몸을 갈가리 찢어 놓을 것 같았다.

곧 갈가리 찢길 것이라는 생각에 뇌부터 곤죽이 됐는지 떠오르는 게 하나도 없었다.

주변의 배경만 지우면 마치 원자폭탄이라도 터진 것만 같은 황량함이다.

‘후우우우웁.’

길게 심호흡을 했다.

도무지 항거할 수 없는 대재앙이 바로 뒤통수에 닥쳐오고 있어 참을 수 있는 성질의 상황은 아니었던 것이다.

쉬치안은 죽음을 맞이할 때도 준비가 필요하다는 것을 새삼 깨달았다.

심호흡 덕분인지 쉬치안의 마음이 조금 차분해졌다. 아마도 공포가 그 정도를 넘어서다 보니 마음이 차갑게 식어 버린 탓이겠지만.

‘포기하면 편하다는 말이 이런 때를 두고 하는 말이로군.’

그래서인지 몸이 더 늘어지면서 마음이 푸근해졌다.

'그래, 푹 잘 수 있겠어.'

쉬치안은 아이러니하게도 자장가가 너무 격렬하다는 생각을 했다.

새벽 04시 30분경.

랴오닝성 전체가 후끈 달아올랐다.

아니, 이웃하고 있는 지린성까지 폭발음의 여파가 미쳐 난리 북새통이 됐다.

폭발음에 이어 지축이 뒤틀리는 것을 느낀 인민들이 단잠에서 깨고는 서둘러 밖으로 뛰쳐나왔다.

인민들의 시야에 하늘 가득 화광이 충천하는 광경이 들어왔다.

당연히 정부의 공식 발표를 듣지 못한 인민들 사이에는 그 짧은 시각에 지진이 일어났다느니 전쟁이 터졌다느니 하는 근거 없는 소문이 꼬리에 꼬리를 물고 퍼져 나갔다.

"허억! 저, 전쟁이 터졌어."

"누가 우릴 건드려? 저건 지진이야!"

"맞아, 지진이 가스를 건드린 걸 거야."

"어, 어서 피난 가야 해. 여기도 언제 닥치지 몰라."

"맞아, 전쟁이든 지진이든 일단 짐부터 싸는 게 좋겠어."

"맞아, 일단 피하고 보자고."

그렇게 갈수록 시뻘겋게 확대되어 가는 하늘을 올려다본 인민들은 공포에 젖어 우왕좌왕하느라 정신이 없었다.

선양호텔.

드드드…….

객실에서 그동안의 피로를 풀며 잠에 취해 있던 도리안 쑨스케는 느닷없는 진동을 느끼고 잠에 깨어 벌떡 몸을 일으켰다.

벗은 상체에 붕대가 칭칭 동여매져 있는 걸로 보아 상처를 입은 듯했다.

'헉! 뭐, 뭐야?'

덜걱. 덜그럭.

눈을 뜨자마자 전등이 흔들리고 집기들이 춤을 춰 대는 것을 본 쑨스케는 잽싸게 탁자 밑으로 슬라이딩을 했다.

'으윽.'

갑작스러운 움직임에 고통이 전해졌는지 인상을 한껏 찡그린 쑨스케가 천장을 올려다보았다.

내려뜨린 샹들리에가 심하게 흔들거리는 모습이 눈에 들

어왔다.

"지, 지진!"

직업상 냉정하리만치 차가운 스나이퍼인 쑨스케였지만, 갑자기 들이닥친 진동의 여파와 실내의 흔들림에 안색이 대번에 창백해졌다.

트트트트트…….

진동의 세기가 더 심해졌다.

"젠장 할. 재수 없는 놈은 어딜 가나 지진을 피하지 못하는군."

그럴 것이 쑨스케에게 있어 지진은 이번이 두 번째였던 것이다.

처음은 모국인 일본을 처음 방문했을 때였다.

그날 생애 처음으로 지진을 경험했었던 쑨스케는 그때의 악몽을 생각할 때마다 치가 떨렸다.

생애 처음으로 맞았던 지진은 멘털이 강하다고 자부했던 쑨스케도 속수무책으로 고스란히 당해야 했던 것이다.

"빌어먹을. 여기서는 이럴 때를 대비한 매뉴얼이 없잖아?"

툭.

때마침 침대 머리맡에 뒀던 휴대폰이 바닥으로 떨어졌다.

'그래, 전화.'

휴대폰을 잽싸게 집어서는 시간부터 확인했다.

04시 5분.

"지랄 맞은 시간이군."

어차피 날이 밝는 대로 협조를 요청할 작정이었던 터였지만, 지금은 이것저것 가릴 때가 아니었다.

버튼을 누르려던 쏜스케가 잠시 머뭇거리며 빠르게 머리를 굴렸다.

자신은 플루토 소속의 특급 스나이퍼다.

중국 선양까지 오게 된 연유는 비밀리에 에스퍼 두 명을 호위하기 위해서였다.

그런데 지금 두 명의 에스퍼들, 즉 머셔와 위버의 행방을 놓친 상태라 곤경에 처해 있는 입장이었다.

원인은 갑작스럽게 일어난 선양공안국 폭발로 인해 부상을 당했기 때문이었다.

폭발 전만 하더라도 머셔와 위버를 무리 없이 뒤따르며 호위 임무에 만전을 기했던 쏜스케였지만, 폭발의 여파로 인한 생명의 위협에 자신의 몸부터 피신시켜야 했다.

그 과정에서 머셔와 위버의 행방을 잃어버린 것은 물론, 자신 역시 부상을 당했던 터라 지난 사흘 동안 치료에 전념했다.

그렇지만 아무리 불가항력에 의해 벌어진 일이라지만 가드로서 머셔와 위버를 놓쳤다는 건 있을 수 없는 일이었고, 변명밖에 되지 않음을 잘 알고 있었다.

비밀리에 임무를 수행하는 몸이다 보니 도움을 요청할 곳이 마땅찮았다.

있다면 단 한 곳, 바로 CIA 선양지부였다.

사실 최악의 상황이 아니라면 경솔히 연락하지 못할 곳이 CIA다.

하지만 머셔와 위버의 행방을 알아내야 하는 일은 시급한 문제였다. 에스퍼는 미국에서도 떠받들듯 아끼는 귀한 존재들이어서다.

그들이 잘못된다면 책임은 오롯이 쏜스케의 몫이었다.

시간이나 입장을 따질 때가 아니었던 쏜스케가 재빨리 비선 연락망의 단축키를 눌렀다.

마침 깨어 있었는지 아니면 지진의 여파가 심각했는지 전화는 금세 연결됐다.

─존슨이오.

휴대폰 너머의 상대는 미국 CIA 선양지부장이자, 세인트 상사 지사장인 미하일 존슨이었다.

"조지18.23."

─…….

뜬금없는 말이었는지 존슨의 침묵이 잠시 이어졌다.

그러나 기실은 플루토의 위치를 암호화한 말이었다. 즉, 전화를 건 사람이 플루토 소속의 요원이란 뜻.

조지는 초대 대통령이었던 조지 워싱턴의 퍼스트 네임이

었지만, 여기서는 수도인 워싱턴을 뜻했고, 18.23이란 플루토의 본부가 있는 위치였다.

다시 말하면 CIA 본부는 수도 워싱턴에서 서쪽으로 10킬로미터 정도 떨어진 버지니아 주 랭글리에 있었고, 플루토의 본부는 거기서 8.23킬로미터 더 떨어진 위치에 있다는 뜻이다.

합해서 18.23킬로미터.

—원하는 게 뭔가?

다행히 암호를 숙지하고 있는 듯해 쑨스케의 안색이 단박에 밝아졌다.

"두 사람의 행방을 알고 싶습니다."

—두 사람?

"예."

—일행인가?

"예."

—희한한 일이군.

"사정이 있었습니다."

—그렇겠지. 두 사람은 지금 출장 중이네.

"아, 아."

—몽골에서 오는 수입품 검수 땜에 단둥의 둥강에 가 있다네.

"회사는 어딥니까?"

-단둥물류라네.

"알겠습니다."

-조심하게. 외국인들은 표가 확 나니 말일세.

"그 점은 안심하셔도 됩니다."

그럴 것이 일본계 이민 3세대인 쏜스케라 중국인과 별로 차이가 나지 않아서 파견된 터였다.

-참고할 점은 내일 저녁 둥강 앞바다에서 해상구난훈련을 한다고 하니 검문이 심할 거라는 것일세.

"명심하죠. 그런데 지금 벌어지고 있는 상황이 뭘 뜻하는 겁니까? 설마 제가 생각하고 있는 그겁니까?"

-지진은 아니니 안심하게.

"하면……?"

-나도 자세히는 모르네만 폭발이 또 일어난 것 같네.

"아, 폭발……."

-수고하게.

존슨이 통화를 먼저 끝냈다.

'지진이 아니라니 다행이군.'

투타타타타…….

여명이 채 오기도 전인 선양시 정부 옥상에 헬기가 한 대착륙해 요란한 로터음을 내고 있었다.

헬기에 타고 있는 인원은 조종사를 포함한 네 명이었다.

전형적인 중국인 체형이라 할 수 있는 통통한 중년인이 짜증 섞인 음성을 뱉어 냈다.

"왜 이리 늦는가?"

"연락을 했으니 곧 올 겁니다, 위원님."

통통한 중년인은 중국공산당 중앙정치국 상무위원 중 한 명인 천펑쑹이었고, 대답하는 이는 공안부 부장인 저우캉이었다.

"이런 젠장 할. 북경에서 날아온 사람보다 현장 사람들이 더 꾸물대면 어쩌자는 건가?"

"그게…… 사실은 랴오닝성 성장과 119사장(사단장)이 동행하게 해 달라고 해서 늦더라도 잠시만 기다려 달라고 했습니다."

"엉? 성장이 동행하는 것은 이해가 간다지만 119사장까지 온다고?"

"예. 현재 상황으로 보아 아무래도 자신의 부대인 119사단 지역이 포함된 것 같아 꼭 가야 한답니다."

"이미 당한 것 같은데 그럴 필요가 있나? 병사들은 모두 선양공안국 폭발 사건에 동원됐다고 들은 것 같……."

말을 채 맺기도 전에 천펑쑹이 뭔가를 떠올렸는지 고개를 주억거렸다.

"아, 아. 무슨 이유인지 알 것 같군."

천펑쑹의 시선이 옆의 중년인에게로 향했다.

"류즈펑 부장."

류즈펑 국가안전부장이 자세를 바로 하며 천펑쑹을 직시했다.

"예, 위원님."

"119사장이 탑승을 원하는 이유가 본관이 짐작하는 것과 같겠지?"

"아마 그럴 겁니다."

"이거…… 생각해 보니 만약 그런 불상사가 겹쳤다면 손해가 이만저만이 아닌걸."

"MIRV가 사라졌다면…… 막대한 손해는 물론 미사일 개발에도 지대한 영향을 미칩니다. 119사장인 훈창룽 대교도 그 때문에 동승하길 원하는 걸 겁니다."

"끙. 러시아의 기술이 없으면 미사일 기술의 고고도화는 더 어렵게 된 건가?"

"그렇지는 않습니다만 시간이 좀 걸릴 겁니다. 우리 중국 기술진도 예전과는 다릅니다."

그 말처럼 중국이 미사일 기술이 없는 것은 아니다.

그것도 ICBM(대륙간탄도미사일)기술은 진즉에 완성 직전에 와 있던 참이었다.

나아가 미래의 우주를 장악한다는 야심 찬 계획도 있었다.

하지만 ICBM이나 로켓 기술에 다소 불안한 바가 있어 러시아에서 MIRV24를 도입해 기술을 보완하려 했던 터였다.

기술 이전이 아닌 베끼기였지만, 그것으로도 충분한 기술력을 지니고 있었다.

'무사할 리가 없지.'

류즈펑은 이번 폭발로 미사일이 사장됐으리라 확신했다.

포장도 뜯지 않은 상태에서 날려 버린 격이 되어 버렸으니, 속이 썩어 문드러지고 있는 중이었다.

이는 천펑쑹이라고 다르지 않았다. 애써 침착하려고 할 뿐이었다.

"웬만해서는 파괴되지 않는 하드 케이스에 보관되어 있는 걸로 아네만……."

"뭐, 그렇긴 합니다만, 보고에 의하면 폭발의 규모가 엄청나다고 합니다. 소관의 짐작으로는 하드 케이스의 강도가 아무리 강하다 해도 저만한 불길에선 견디기 어려울 것 같습니다."

"제엔장."

천펑쑹도 모르지 않았다.

그 역시 단편적이지만 보고를 받은 바가 있었다. 선양 시내까지 건물에 균열이 갔을 정도라고 했으니, 아마도 산산조각이 났을 것이다.

"차제에 러시아 기술자를 초빙하는 방식을 고려해 봐야 할 겁니다.”

“그게 쉬웠다면 진즉에 했겠지.”

‘하긴…… 공식적으로야 러시아 정부에서 응할 리가 없지.’

러시아가 중국의 무기 기술이 발전하는 걸 달가워할 리가 없다. 언제 적대국으로 변할지 모르는 사이여서다.

류즈펑도 몰라서 하는 말이 아니었지만, 그래도 해야만 했다.

훔치든 탈취하든 그 어떤 수단을 강구해서라도 얻어 내야 한다.

그러지 않으면 잠재적 적대 국가인 미국을 상대할 길이 없다.

구소련의 연방 체제가 무너진 지 오래라지만 그 시절의 물리학자들을 구하려고 들면 그리 불가능한 건 아니었다.

우려되는 점은 비밀을 유지하기가 극히 지난하다는 것.

이유는 소련 과학자들이 특히나 중국으로의 기술 유출을 극도로 꺼렸기 때문이다.

‘우선 러시아와 국경 문제부터 담판 지어야 해.’

그도 그럴 것이 중국은 기회가 있을 때마다 러시아가 점유하고 있는 헤이룽강(흑룡강)의 인룽섬과 헤이샤쯔섬의 반환을 요구하며, 서로가 국경분쟁으로 첨예하게 대치하고 있는 형국이어서다.

뭐, 물밑으로 협상은 하고 있지만 늘 그렇듯 현재까지 핑퐁 게임처럼 지지부진한 상태였다.

그런 상황에서 불협화음의 기폭제가 되는 문제로 화를 자초할 수는 없었다.

지금 첨예하게 대립하고 있는 중국과 러시아 간의 국경 문제, 이 해묵은 분쟁은 2008년에 가서야 러시아가 두 섬을 반환함으로써 해결된다.

지금은 해결될 기미가 보이지 않는 상황이었다.

"끄응. 저우캉 부장, 좀 서둘러 주게. 주석께서 보고를 접하자마자 닦달하는 사안이라 지체할 시간이 없네."

"예."

저우캉이 휴대전화를 드는 사이 류즈펑이 물었다.

"위원님, 혹시 주석께서 위원회를 소집하신 겁니까?"

"맞네. 주석께서 위원회를 오전 9시에 소집해 놓은 상태네. 그 안에 보고할 내용을 취합해 놔야 대책을 논할 것 아닌가?"

"그, 그렇지요."

털컹.

육중한 옥상의 철문이 열렸다.

"아, 오는군요."

한 떼의 사람들이 헬기 로터가 뿜어내는 세찬 바람으로 인해 반쯤 허리를 숙인 채 달려왔다.

"웬 인원이 저리도 많은 건가?"

"아, 탑승 인원이 여덟 명이 한계라 성장과 선양시장 그리고 선양안전국 국장 그리고 119사장 이렇게 네 명만 탑승할 겁니다. 나머지는 배웅하러 나온 것입니다."

기실은 상무위원에게 눈도장을 찍기 위해 나온 이들이었지만 저우캉은 말을 순화시켰다.

'쯧.'

천펑쑹이 속으로 짧게 혀를 찼다.

오랫동안 정치계에서 잔뼈가 굵어진 천펑쑹이 어떤 의미로 우루루 몰려나왔는지 어찌 모를까?

"위원님, 랴오닝성 성장, 천첸카오입니다. 먼 길 오시느라 수고하셨습니다."

천첸카오가 허리를 접으며 깍듯하게 인사하는 것을 시작으로 선양시장인 장쉬안과 지국장인 쑨야오, 그리고 군복 차림의 군인이 차례로 인사를 했다.

"모두 수고가 많소. 어서 타시오."

"예."

천펑쑹은 그들이 탑승하는 동안 배웅 나온 인사들의 면면들과 일이 눈을 맞춰 주는 수고를 아끼지 않았다.

"기장, 출발해."

"옛!"

투타타타타…….

헬기가 이륙하면서 로터음이 더 요란해졌다.

선양 시내에서 폭발 현장인 랴오중구까지의 거리는 그리 멀지 않았다.

더구나 헬기라면 5분도 채 걸리지 않는 거리로 금세 도착할 수 있었다.

"으으음."

폭발 현장이 가까워질수록 화광이 충천하고 있는 광경에 천펑쑹의 입에서 절로 신음이 흘러나왔다.

화염과 검은 연기로 인해 아래를 살피기도 어려웠다.

"완전 불바다로군."

게다가 마치 지옥의 화염을 연상케 하는 불길이 검은 연기 사이로 불쑥불쑥 튀어 올라 당장이라도 헬기를 집어삼킬 듯이 날름거렸다.

그런 와중에서도 천펑쑹의 시야에 붉은 칠을 한 헬기들이 쥐 방구리 들락거리듯 날고 있는 모습이 들어왔다.

"저건…… 소방 헬기인가?"

"예, 위원님."

천첸카오 성장이 대답하는 것으로 보아 그가 지시한 듯했다.

그들의 눈에 보이듯 하늘에는 수십 대의 붉은 헬기가 부산스럽게 오가고 있었다.

특이한 점은 헬기마다 포대 같은 물탱크를 달고 있다는

것.

바로 소방 헬기로 폭발에 이은 화재를 잡으려는 것이다.

"중심부가 아닌 외곽에서만 진화 작업을 하는 이유가 있는 가?"

"예. 일단 시내로 접근하는 불길을 잡는 것이 우선이라 그리 지시했습니다."

그때 기장의 말이 들려왔다.

"위원님, 소방 헬기 통로라 충돌할 위험이 있으니 고도를 올리겠습니다."

말이 끝나자마자 헬기가 수직 상승을 했다.

"몇 대나 동원됐는가?"

"스물여섯 대입니다."

"흉내만 낸다면 모를까 그걸로는 어림도 없을 것 같군."

화광의 규모가 끝이 보이지 않을 정도로 광대해 헬기 스물여섯 대로는 중과부적임을 누구라도 알 수 있었다.

피해 현장이 워낙 넓었던 탓에 스물여섯 대의 소방 헬기가 동원됐지만 물 한 바가지 퍼붓는 격이나 다름없었다.

"이보게, 저우캉 부장."

"예."

"교통부에 연락해 헬기를 있는 대로 동원하라고 해. 지린성 성장에게도 협조를 요청하게."

"옛!"

"앗! 폭발입니다."

어디서 대형 가스통이 터졌는지 '퍼펑' 하고 폭음이 들려왔다.

"엉? 이건 뭔가? 아직도 폭발물이 남은 건가?"

"아닙니다. 위치로 보아 가스충전소 같습니다."

"이런!"

그때, 검은 연기 사이로 몇 개의 불덩이가 쑤욱 튀어 올랐다.

"앗! 파편입니다! 손잡이를 꼭 잡으십시오. 급선회합니다."

투타타타타……. 푸슈! 푸슈슈슈슈-!

헬기가 급선회하는 즉시 화염의 꼬리를 문 불덩이들이 순식간에 스쳐 지나갔다.

이에 기겁한 저우캉이 소리쳤다.

"기장! 너무 위험하니 멀리서 우회하게!"

"옙!"

기장도 식겁했는지 그 즉시 기체를 틀어 화염으로부터 멀리 떨어져 선회하기 시작했다.

시종 침착하려 애쓰는 천평쑹이 물었다.

"성장, 피해 면적이 얼마나 될 것 같은가?"

"헤아리기가 어렵습니다. 폭발의 발원지인 랴오중구 북부 지역은 거의 초토화됐다고 보아야 합니다. 반경으로 계산하면 대략 20킬로미터 정도이니, 사방 40킬로미터가 영향권에 들어 있다고 보면 얼추 맞을 겁니다."

"끄응, 40킬로미터라……."

그야말로 빅뱅, 악몽이 따로 없었다.

천평쑹은 가능하다면 필사적으로 부정해 눈앞의 사태를 지우고만 싶은 심정이었다.

그러나 현실은 심장을 후벼 파고 뇌를 곤죽으로 만들 만큼 잔혹했다.

전신의 피란 피는 모조리 빠져나갔는지 천평쑹의 안색은 밀랍처럼 단박에 창백해졌다.

"끄으응. 피해가 막심하군."

"그래도 다행히 인구 밀집 지역이 아닌 곳에서 폭발이 일어났습니다. 그러나 걱정인 것은, 저 정도의 화염이라면 앞으로 얼마나 더 확산이 될지 가늠이 안 되기 때문이지요."

"막아야지. 어떤 수단과 방법을 동원해서라도 막아야 해."

"선양 시내는 피해가 없는가?"

"소관이 직접 겪은 바로는 지축이 20분 이상 흔들렸다고 합니다. 서재의 책장이 무너질 정도였으니 아마 건물이나 가옥에 얼마간의 피해가 있을 것으로 여겨집니다."

"인명 피해는 확인해 봤는가?"

"선양 시내 쪽은 현재 사망자가 있다는 보고는 없었습니다. 다만 부상자가 다수 발생한 걸로 알고 있습니다. 하지만 북부 지역은 아직……. 화염이 워낙 거센 탓에 접근을 하지 못해 피해 상황을 집계할 엄두를 내지 못하고 있습니다."

"119사장, 부대 잔류 병력이 몇 명이었나?"

"옙! 대교, 훈창룽. 62명입니다."

계급이 대교라면 한국으로 치면 대령이다.

그러나 상임위원이란 직책에서 보면 까마득한 아래라 훈 창룽으로서는 신병처럼 목소리를 키울 수밖에 없었다.

참고로 중국의 계급 체계상 정규군과 무경 간의 계급에 차 이는 없었다.

"그 외에는?"

"선양군구에서 민간인이나 침입자 들의 접근을 막기 위해 파견대가 나와 있었습니다."

"몇 명이나 되나?"

"정확한 인원은 선양군구에 문의해 봐야 알겠지만 소관의 짐작으로는 동서남북 네 개 중대가 배치됐다고 치면 대충 5 백 명 내외일 겁니다."

"쯧, 적지 않군."

천평쑹의 표정이 일순 딱딱하게 굳었다.

119사단 잔류병까지 포함하면 병력만 벌써 6백 명에 가깝 게 희생됐다.

거기에 민간인들까지 더해진다면?

조사를 해 봐야 알 수 있겠지만 저 정도 규모라면 수천 명은 희생될 것으로 여겨졌다. 드물다고는 하지만 중국인들의 속성상 제한구역으로 설정해 놔도 들어가서 사는 사람들이 적지 않기 때문이다.

'후우우.'

천펑쑹은 아득해지는 마음을 추스를 수가 없었던지 내심으로 길게 한숨을 내쉬었다.

"폭발의 원인이 어디에 있다고 보는가?"

"죄, 죄송합니다. 폭발의 규모로 보아 저희 부대 무기고에서 발생한 것 같습니다."

"폭발의 진원지가 아니라 원인을 말해 보라고 했네."

"소관도 원인을 모르겠습니다. 다만 다량의 범용 폭탄과 미사일까지 유폭된 것은 확실합니다."

"뇌관을 분리해 뒀는데도?"

"분리는 해 뒀지만 장약이나 화약은 그대롭니다."

"확실한가?"

"확실합니다! 외람됩니다만 소관조차 무엇 때문에 폭발했는지 영문을 모르겠습니다."

"터질 이유가 없다?"

"그렇습니다. 탄약고는 몇 겹의 훼닝투(콘크리트)로 덮여 있는 데다 이중 삼중의 안전장치를 해 놓은 상태입니다. 웬만한 공습에도 직격을 당하지 않는 이상 터질 이유가 없습니다."

"확신하는가?"

"옛!"

확신하듯 훈창룽이 허리를 곧추세웠다.

"내가 출발하기 전에 알게 된 것이 있네. 동북군구에 비치됐던 재래식 폭탄들이 귀관의 부대로 몽땅 이관됐다던데…… 맞나?"

"그렇습니다. 대중소형의 범용 폭탄을 비롯해 다량의 구형 미사일들로, 전부 30년 전에 사용하던 것들입니다. 임시 저장소로 저희 부대가 안전하다고 결정되어 보관하고 있던 중입니다."

"곧 폐기 처분하거나 수출할 무기들이란 건가?"

"그, 그렇습니다. 그 양이……."

"양이 얼마나 되나?"

"정확한 건 소관도 장부를 봐야 알 수 있을 정도로 많은 양입니다."

"크흠, 그 정도라면 MIRV도 안전하지는 않을 테지?"

MIRV는 러시아에서 비밀리에 수입한 대륙간탄도탄인 미사일이었다.

"그, 그럴 겁니다."

짐작하고 있으면서도 지푸라기라도 잡는 심정으로 물었지만 대답은 역시 부정적이었다.

"빌어먹을……."

천펑쏭의 입매가 심하게 비틀렸다.

MIRV가 소멸된 걸 생각하면 좀처럼 진정이 되지 않았지만, 지금은 흥분해서 될 일이 하나도 없다는 걸 잘 알았다.

"저절로 터졌을 리가 없다면…… 누군가 침입해서 일부러 터뜨렸다는 얘기가 되는군. 그런데 그게 가능키나 한가?"

"소관으로서는 불가능에 가깝다고 여깁니다. 이유는 폭탄류의 무기들을 들여오던 그날부터 장약과 뇌관의 분리는 물론 초병을 배로 늘렸습니다. 동초 역시 네 배로 늘렸습니다. 만약 침입자가 있었다면 경계병들이 한날한시에 졸지 않은 이상 적어도 연락 정도는 받았을 겁니다. 그럼에도 휴대폰은 물론 무전조차 오지 않았습니다."

책임을 회피, 아니 조금이라도 덜기 위해 훈창룽도 필사적이었다.

어차피 옷을 벗는 것이야 따 논 당상이었지만, 향후 처벌을 조금이라도 덜어야 하는 입장인 훈창룽으로서는 당연했다.

"만약 떼거리로 침입해서 경계병들을 일시에 쓸어버리고 폭발시켰다면?"

결코 혼자서는 할 수 없는 일이라 단정하고 하는 말이었다.

"그, 그런 일은…… 최하 2개 중대 병력 이상 쳐들어오지 않는 이상 확률상 어렵습니다. 만에 하나 위원님 말씀처럼 일시에 전멸했다고 해도 뿔뿔이 흩어져 있는 병사들도 적지 않아서 제게 보고가 됐을 겁니다."

"으음."

'맞아. 심지어는 화장실에서 볼일을 보는 병사도 있을 수 있으니, 그 어떤 경우에도 일시에 몰살시키는 어려울 테지.'

"더군다나 지금은 공안국 폭발로 인해 이곳 선양시는 물론 인접한 지린성까지 경계가 삼엄한 상탭니다. 그런데 그 어느 부대에서도 수상한 자들이 탈출했다는 보고가 들어오지 않은 상황입니다. 그러니 이 점에 유의해서 판단을 해야 할 것입니다."

"그렇군. 같이 자폭하지 않는 이상……."

초동수사라는 것이 그렇듯 이번 사건 역시 기준점을 제대로 잡아야만 엉뚱한 곳을 헤매지 않을 것이다.

미미하게 고개를 주억거리던 천펑쑹이 저우캉에게 물었다.

"혹시 외부인이 단체로 입국했다는 보고가 있었나?"

절레절레.

"저희 공안국에서 시간대별로 확인하고 있습니다만, 최근 한 달 사이 단체 관광객 외에는 없었습니다."

"관광객으로 위장할 수도 있잖은가?"

"그 점은 항상 염두에 두고 관찰하고 있는 중입니다. 관광 객들의 일정 역시 항상 점검하고 있고요. 특이한 동향이 있었다면 보고가 있었을 것입니다.”

“흠. 류즈펑 부장은?”

“안전부 역시 그런 보고는 없었습니다. 하지만 공안국과 협조해 면밀히 재검토해 볼 필요는 있겠습니다.”

“만약 적이 침입했다고 가정해 보면 대상은 누구로 보나?”

“아무래도 미국이 아니겠습니까? 빠오주점의 일도 그렇고 공안국 폭발 때도 그쪽으로 의심의 무게를 두고 수사하고 있는 중이었으니까요.”

“의심만으로는 안 되네. 안전부와 공안국이 힘을 합쳐 결정적인 증거를 찾아.”

“알겠습니다.”

대답을 들은 뒤 침묵에 들어간 천펑쭝은 한동안 온통 불바다로 변해 가고 있는 지상을 내려다보기에 여념이 없었다.

‘젠장, 대재앙이 따로 없군.’

그나마 사람이 많이 살지 않는 지역이라 인명 피해가 적다는 것이 다행이라면 다행이었다.

그렇다고 해도 워낙 인구가 많은 나라인지라 희생된 숫자가 결코 적지 않을 터였다.

‘적어도 10년은 넘게 걸리겠어.’

복구하는 데 걸리는 시간이었다.

“류즈펑 부장, 군사위원회에 연락하게.”

“예?”

"아, 본관의 생각이라며, 랴오닝성과 지린성에 전시대비령을 선포해 줄 것을 요구한다고 전하게."

"알겠습니다. 근데 단계는 어떻게……?"

"그거야 여기 상황을 알려 주면 그들이 알아서 정할 테지."

'그래 봐야 4급 경계령일 테지.'

그렇다 해도 일단 발령됐다는 자체가 중요했다.

"알겠습니다."

참고로 중국군 전시대비령에는 4단계가 있다.

4단계 중 그 1단계는 전쟁 직전의 긴급사태를 1급경계령이라고 한다.

2단계는 정세가 악화될 경우인 2급경계령.

그리고 3단계는 전시 긴장 상태에 들어갈 경우이며, 4단계는 국내외에 중대 돌발 사태가 일어난 경우로, 이때 4급 발령 경계태세가 발효된다.

"그리고 랴오닝성과 지린성의 수상한 자는 무조건 미행하거나 잡아들이도록 하게."

"옛!"

"기장, 기수를 119사단으로 돌리게."

"위원님, 가시더라도 아래를 볼 수 없을 것입니다. 더구나 아직 터지지 않은 폭발물이 남아 있을 수 있어 위험합니다."

"그래도 돌리게. 뭐라도 봐야 보고를 할 것 아닌가?"

"아, 알겠습니다."

"그리고…… 탑승 인원 모두 위원회에 참석하도록 하게. 주석께서 찾으실 수도 있으니 말일세. 그동안 나름대로 보고서를 작성해 두는 것도 좋겠지."

"알겠습니다."

바인더북

몸 하나는 튼튼합니다

그렇게 중국 정부와 군 그리고 인민들이 난리를 쳐 대고 있을 즈음 담용은 이미 뤄시양의 안가로 돌아와 있었다.

그러나 몸은 만신창이를 면하지 못했는지 지금은 죽은 듯 시체나 다름없는 모습으로 누워 있었다.

그도 그럴 것이 얼굴을 비롯해 전신이 붕대로 칭칭 감겨 있는 데다 흥건히 배어 나온 핏물로 인해 얼핏 봐도 중상인 듯했다.

그런 담용을 지켜보고 있던 뤄시양이 혀를 차고는 입을 열었다.

"이거야 원…… 일만 저질렀다 하면 매번 이런 식이니, 심장이 떨려서 제명에 못 살겠군."

"하핫, 운이 좋았다고 여기십시오."

입가에 웃음을 매단 김창식이 계속 배어 나오는 핏물을 닦아 냈다.

"하긴 그 말이 딱 맞소. 그나저나 의사를 불러와야 되지 않겠소?"

"몰골을 보면 그래야 되는데…….."

믿는 구석이 있는지 김창식이 말을 못 하고 주저했다.

"안가는 옮기면 되오. 사람 생명이 먼저요."

"그게 아니라…… 조금 기다려 봤으면 합니다."

"곧 죽는다 해도 이상하지 않은 상탠데 뭘 더 기다린단 말이오?"

"그게…… 제트 님이 좀 특이체질이라 회복력이 범인과 달라서 그럽니다."

"아무리 그렇다고 해도 피를 너무 흘렸소. 거기에 화상 부위가 너무 넓소. 피부도 숨을 쉰단 말이외다."

"하지만 지금 모습을 보면 평온하지 않습니까? 그러니 조금만 더 기다렸다가 정 어렵다 싶으면 그때 아예 데리고 나가지요."

"흠, 좋소. 분명히 말하지만 나로서는 제트를 이대로 방치할 생각이 없소. 안가가 노출되고 내가 위험해진다고 해도 엄청난 일을 해낸 사람이니 반드시 살려야겠소."

담용에 대한 뤄시양의 마음이 어떤지 드러나는 대목이었

다.

"그 마음을 왜 모르겠습니까? 딱 1시간만 더 기다려 보고 그래도 정신을 차리지 않으면 뤄시양 님 뜻대로 하십시오."

"뭐, 그럽시다."

털썩.

뤄시양이 의자에 주저앉으며 말을 이었다.

"그러고 보니 제트는 운이 따라 주는 사람 같소. 딱 맞춘 듯이 김 요원이 대기하고 있는 곳으로 탈출해 올 줄 누가 알았겠소?"

"어차피 세 갈래 도로 중 한 곳으로 탈출로를 잡을 걸 예상해서 대기하고 있지 않았습니까?"

그러했다.

랴오중구 북부 지역으로 통하는 도로가 세 곳임을 감안한 뤄시양은 선양에 와 있는 국정원 요원 전원을 동원해 분산 배치했던 것이다.

뭐, 수도 없이 나 있는 소로는 제외한 것이지만 말이다.

뤄시양을 비롯한 요원들 역시 당연히 대폭발에 의한 재앙은 생각도 못 했었다.

다만 선양공안국이 폭발했을 때의 일이 재현될 경우를 우려해 탈출에 도움이 되어 주려고 나섰던 참이었다.

그런데 담용의 머리카락도 보기 전에 상상외의 엄청난 대폭발의 후폭풍에 탈출을 돕기는커녕 요원들도 피신하기에 바빴다.

그 와중에서도 천행이었는지 김창식이 끝까지 남아 기다렸던 덕에 오토바이로 탈출해 오고 있던 담용을 발견할 수 있었다.

정신없이 탈출하기에 급급했던 담용은 김창식의 음성을 듣자마자 오토바이와 함께 자빠지며 정신을 잃고 말았던 것이다.

재빨리 담용을 밴에 실은 김창식은 액셀러레이터를 죽어라고 밟아 댔다. 그 덕분에 안가로 무사히 돌아올 수 있었던 것이다.

그때부터 지금까지 깨어나지 못하고 있는 담용이었다.

어쨌거나 담용이 원한 것은 아니었지만 결과는 지난 공안국 폭발 때처럼 또 한 번의 행운이 재현된 셈이었다.

그렇지 않았다면…….

생각하기도 싫다는 듯 뤄시양이 고개를 세차게 뒤흔들었다.

"말이야 쉽지 그 난리 통에 끝까지 기다린다는 건 아무나 할 수 있는 일이 아니라오."

정말 대단하다는 눈빛으로 뤄시양이 쳐다보자 김창식이 멋쩍게 웃었다.

"하하핫, 저도 오토바이 소음이 아니었으면 알아보지 못했을 겁니다."

바인더북

"제트가 오토바이를 타고 탈출한 것도 신의 한 수였소. 만약 다른 차량을 이용했다면 어림도 없었을 거요."

"모두 계산하에 움직였을 겁니다."

"타이머를 좀 늦출 수도 있었을 텐데, 너무 촉급했소."

너무도 무모했던 담용의 행동에 혀를 내두르는 뤄시양이다.

"그 역시 그럴 수밖에 없는 사정이 있었겠지요."

"하긴……."

당사자가 아니면 누구도 함부로 말할 수 있는 사안이 아니어서 뤄시양도 더 말하지 않았다.

"아무튼 하마터면 대기하고 있던 요원들이 전부 통구이 아니면 생매장될 뻔했소. 으으으…… 지금도 당시만 생각하면 소름이 쫙 돋소."

그렇게 말한 뤄시양이 미니 TV를 가져와서는 안테나를 쭉 뺐다.

"9시가 넘었으니 뉴스나 들어 봅시다. 아마 볼만할 거요."

딸깍.

전원을 켜자, 몇 번 치직거리던 화면은 잠시 노이즈로 가득 찼다가 제자리를 잡았다.

순간, 온갖 잡음이 뒤섞인 소음을 배경으로 헬기 로터음이 유독 도드라졌다.

그런 가운데 헬기에 탄 기자의 얼굴이 비치면서 악을 써

대는 모습이 보였다.

투타타타타…….

−……아직 검은 연기가 가시지 않고 있는 이곳은 전쟁터를 방불케 하고 있습니다. 본 기자는 지금 엄청난 열기가 피어오르고 있는 현장 위를 날고 있습니다만, 정작 폭발의 진원지인 랴오중구 북부 지역은 접근을 못 하고 있습니다. 진원지는 이곳에서 30여 킬로미터나 떨어져 있는 곳으로 추정됩니다만, 확실한 소식은 발표를 기다려 봐야 알겠습니다. 헬기를 타고 있는 본 기자가 현장에 접근하지 못하는 것은 그 위험성으로 인해 당국에서 통제를 하고 있기 때문입니다. 선양 시내 상공만 선회할 수밖에 없음을 안타깝게 생각합니다. 그러나 이곳 하늘에도 열기가 가득합니다. 본 기자가 화상을 입을 정도로 뜨거운 열기가 오르고 있는 것을 체감할 수 있습니다. 이토록 뜨거운 열기가 가시지 않고 있는 이유는 시청자 여러분이 보시다시피 온 천지가 화염에 휩싸여 있기 때문입니다. 당국의 공식 발표가 늦어지고 있습니다만 본 기자가 믿을 만한 소식통에 의해 접한 말에 의하면, 폭발의 진원지는 랴오중구 북부에 위치한 119무경사단의 탄약고로 예상됩니다. 만약 그것이 사실이라면 전쟁이 발발하거나 지진이 일어난 것이 아니라는 뜻입니다. 고로 인민 여러분들은 당국의 발표를 침착하게 기다려 주시기를 바랍니다. 다시 한 번 말씀드립니다. 작금의 폭발은 전쟁이 발발하

거나 지진으로 인한 것이 아님을 분명히 전해 드리오니. 인민 여러분들은 차분한 마음으로 공식 발표를 기다려 주시기 바랍니다. 이상으로 폭발 현장 상공에서 챠챠오 기자가 전해 드렸습니다.

"거참, 중국 사람들은 전쟁이 터진 것으로 알고 있는 모양이군."

"그렇게 생각하는 것도 무리가 아니지요."

"하긴 여기까지 지축이 흔들렸다고 했으니……."

화면이 바뀌고 스튜디오가 비쳤다.

－인민 여러분, 전쟁이 일어난 것이 아닙니다. 난동을 자제해 주시기 바랍니다. 강탈과 폭력을 자제해 주시기 바랍니다. 다시 한 번 말씀드립…….

"폭동이 일어난 것 같은데…… 어디 다른 방송은 어떤지 봅시다."

딸깍.

채널이 바뀌자마자 눈에 들어온 장면은 활활 불타는 상점들과 각종 상품과 전자기기 등을 훔쳐 달아나는 사람들의 모습들이었다.

한마디로 폭동이 일어난 것이다.

그동안 공안과 군인 들의 억압에서 욱죄여 있던 인민들이 한풀이하듯 들고일어난 모습이 저러할까 싶은 장면이었다.

그럼에도 그 흔하던 공안과 군인 들의 모습은 눈을 씻고 봐도 찾아볼 수가 없었다.

"공안들이 전부 현장으로 달려간 탓에 무법지대가 되어 버렸군."

"어쩌면 저것이 중국인들이 꽁꽁 숨겨 놓았던 민낯일지도 모르지요."

끄덕끄덕.

일리 있는 말이었다.

"개방의 맛을 살짝 본 상황이라면 더 그럴지도……."

공산당 치하에서 꽁꽁 얼어 있던 인민들이 들고일어난 사태는 마치 댐이 터져 거센 물줄기가 흐르는 것과 진배없는 모습을 보여 주고 있었다.

"어디 북경은 분위기가 어떤지 알아봅시다."

뤄시양이 휴대폰으로 전화를 걸었다.

"김 선생도 들어 보시오."

스피커로 전환한 뤄시양이 얼른 입을 열었다.

"어, 날세."

-어이구, 사장님, 어쩐 일이십니까?

"어쩐 일이긴? 물건을 주문하려고 전화했지."

-그거라면 오늘은 어렵겠습니다.

"뭐라? 여기야 난리 북새통이라지만 북경은 괜찮지 않은가?"

-에고, 말도 마십시오. 당장 어떤 일이 일어날지 몰라 불

안해서 문을 꼭꼭 닫아 놓고 있는 중란 말입니다.

"이 사람아, 눈 오고 비 온다고 일을 안 할 건가? 여러 소리 말고 주문이나 받게."

―글쎄, 그게 어렵다니까요. 설사 여기서 출발해도 선양은 지금 무법천지라는데 어떻게 운송하란 말입니까?

"뭐, 나도 그걸 모르는 건 아닌데…… 원체 급해 놔서 그러지. 정말 전쟁이 터지기라도 한 거야 뭐야?"

―뭐, 확실한 건 모르겠습니다만 제 생각엔 그건 아닌 것 같은데요?

"그런데 왜? 뭐 들은 거라도 있나?"

―그런 건 없고요. 여긴 지금 전쟁이 일어날 것이라는 흉흉한 소문으로 인해 암암리에 사재기를 하느라 난리도 아닙니다. 저도 어쩔 수 없이 마른 음식을 준비해 놓고 있는 중이고요.

"헐, 그 정도인가?"

―예. 그러니 다음에 주문해 주십시오. 죄송합니다.

"뭐, 곤란하다는데야 어쩔 수 없지."

―그런데 거긴 폭발 현장에서 가까운 곳인데, 괜찮습니까?

"피해는 없네. 다만 워낙 흉흉해서 바깥으로 한 발짝도 나가지 못하고 있네."

―잘하셨습니다. 들어 보니 공안의 부재로 인민들의 폭동

이 정도를 넘었다고 하니 몸조심하십시오.

"그러지. 자네도 조심하고."

―예.

탁.

"북경에서 패닉바이panic-buy(사재기) 현상이 일어나고 있는 것 같군요."

"드러내 놓고 할 수 없으니 암암리에 하는 거지요."

"여기서 북경이 얼마 멀지 않으니 딴은 이해가 갑니다."

"그래도 북경이 가장 안전한 지역이라오. 수도라서 군구 중 가장 강한 북경군구가 있는 곳이니까요."

"저는 그보다 당국이 9시가 넘도록 공식 발표가 없다는 것이 이해가 안 됩니다."

"현장에 접근도 못 하고 있는 상황에서 발표할 것이나 있겠소? 하고 싶어도 못 하고 있다는 것이 맞겠지요."

"하긴…… 사안이 사안이다 보니 자칫 잘못 발표했다가 오히려 된서리를 맞을지도 모르니……."

"그나저나 폭동이 오래가면 안 되는데……."

호흡이 멈춘 것 같이 평온한 담용의 얼굴을 일별한 뤄시양이 고개를 가로저으며 말했다.

"앞으로의 일은 없던 것으로 합시다."

"둥강의 일 말입니까?"

"그렇소. 임무라면 이 정도로도 차고 넘치오."

"저 역시 그리 생각합니다만, 남은 임무에 대해서는 제트
님이 깨어나면 의논하지요."

"뭐, 말이야 해 봐야겠지만······."

절레절레.

"내가 보긴엔 불가능하오."

"허 박사와 이 대좌의 일은 어떻게······?"

"허교익 박사와 이민혁의 탈출이야 우리가 충분히 처리할
수 있으니, 그 문제는 걱정하지 않아도 되오. 탈북민들 역시
이런 분위기라면 이동하기 더 좋소. 이따가 저녁에 그들을
움직일 생각이오."

"인원이······ 저라도 도와드릴까요?"

"하핫, 인원은 적으면 적을수록 유리하오. 암튼 말만으로
도 고맙소. 그나저나 둥강의 일은 제트만이 할 수 있는데, 저
렇게 누워 있으니······. 아무래 비선을 통해 본사에 연락을
해야겠소."

둥강 앞바다의 임무를 포기하겠다는 얘기.

"그 문제는 일단 제트 님의 말을 들어 보고 결정해도 늦지
않을 겁니다."

"하긴······. 쩝, 시간이 없는 게 안타깝군."

"어째서요?"

"곧 전시대비령이 선포될 것이기에 그러오."

"에? 전시대비령요?"

"그렇소. 못해도 4급 정도일 거요."

"4급 경계령이면 어느 정돕니까?"

"국내외에 중대 돌발 사태가 일어난 경우에 발령되는 것으로 알고 있소. 그렇게 되면 각 군구에서 지원군이 급파되오. 선양군구는 지금쯤 출동 직전일 거요. 거기에 피해 범위가 워낙 넓어 북경군구에서 한두 개 사단 정도 더 지원해 올 수도 있소. 그렇게 되면 선양은 그 누구라도 검문검색의 예외가 되지 못할 거요."

사람들이 선양을 들고 나기 힘들어진다는 뜻이다.

"검문검색이 더 빡 세질 거란 말이네요."

끄덕끄덕.

"빠져나가려면 어수선한 오늘이 딱인데……."

"숨죽이고 있으면 되지 않겠습니까?"

"내 장담하건대 그것만으로는 피하기 어려울 거요."

"헐. 그 정돕니까?"

"중국은 사회주의를 표방하고 있지만 그 바탕이 공산국가요. 아마 가가호호 뒤지면서 폭동에 가담했거나 물건을 훔쳐간 자들로 의심되면 무차별로 색출하게 될 거요. 아니라면 포상금을 걸어 신고를 받을 거요. 거동 수상자도 마찬가지요. 심하면 그 자리에서 총살하는 것도 마다하지 않는 놈들이라오."

"……!"

"시일이 얼마나 걸리든지 말이오."

말하는 당사자인 뤄시양도 이번의 검문검색은 꽤 오래갈 것 같다는 예감이 들어 그렇게 말했다.

"그럼 여기도 안전하지 않을 거란 말이군요."

"특히 빈민가는 주요 타깃이 될 거요. 어수선한 틈을 타 도둑질을 할 사람들이 여기 빈민가 사람들밖에 더 있겠소?"

"제일순위란 말이군요."

"그럴 거요. 재수가 없으면 빈민가가 정치적으로 이용당할 수도 있소."

"아……."

김창식도 감이 왔다.

중국 당국에서 범인을 찾지 못하거나 원인을 밝혀내지 못했을 때, 정치적 수단의 일환으로 빈민가를 지목해 사태를 수습할 수도 있음을.

"역시…… 빠져나가려면 지금이 적기군요."

"맞소."

"근데…… 뤄시양 님은 괜찮겠습니까?"

"나야 얼마든지 빠져나갈 수 있소. 두 분이 문제지."

"……!"

"뭐, 아직 시간이 조금 있으니 생각을 좀 해 봅시다. 아무튼 놈들이 저렇게 놀란 걸 보면 제트가 사고를 제대로 친 것 같긴 하오, 하하핫."

뤄시양의 입에서 드물게 통쾌한 웃음소리가 터져 나왔다.

그러나 정작 김창식은 엉뚱한 곳에 마음이 쏠려 있었다.

'쩝, 둥강의 일도 해결해야 하는데…….'

어수선한 지금이 딱 좋은 기회인데 당사자가 저런 몰골이니 조금은 아쉽다는 김창식의 눈빛이었다.

김창식의 시선이 담용을 훑었다가 벽에 세워 둔 길쭉한 배낭으로 향했다.

'저거…… 쓸모가 없을지도 모르겠구나.'

배낭은 둥강의 일에 쓸 장비들로 채워져 있었지만, 날짜가 임박한 상태였다.

'놈들의 거래가 이틀 후로 다가왔으니…… 너무 늦어.'

지금 출발한다고 해도 거래 당일에 맞추기 어려울 판국에 당사자가 저렇게 누워 있으니, 뤄시양의 말대로 포기해야 했다.

'그래, 안 되는 걸 억지로 할 수는 없는 일이지.'

김창식은 내심 둥강의 일을 깨끗이 포기하고 말았다.

국정원 요원이 된 이상 실낱같은 희망이라도 있다면 결코 포기하는 일이 없음을 상기해 본다면, 이런 결정을 하기도 어려웠다.

드륵, 드르륵.

뤄시양의 주머니 속에 있던 다른 휴대폰이 울었다.

"응? H1인데?"

액정을 본 뤄시양의 고개가 갸웃했다.

"H1이면 하얼빈?"

"맞소. 뭔 할 말이 있는 모양이오."

이번에는 스피커로 전환하지 않고 응답했다.

"뤄시양이오."

ㅡ…….

"응? 뭐라고요? 의류 사이즈 수치를 불러 주겠다고요? 아, 잠깐만요. 필기 준비를 하겠소."

손으로 송화기를 막은 뤄시양이 김창식에게 턱짓을 했다.

재빨리 필기 준비를 한 김창식 고개를 끄덕였다.

"14, 43, 58. 07, 12, 35. 26, 37……."

그리 길지 않은 숫자여서 받아 적는 건 금세 끝났다.

"아, 알았네. 언제까지 준비해 주면 되오? 뭐? 모레까지라고? 이, 이봐요, 지금 여기 상황이……. 휴우, 그쪽 입장이 그렇다면야 할 수 없지. 알았소."

탁.

폴더를 접은 뤄시양이 상의 안주머니에서 꼬깃꼬깃 접어 둔 쪽지를 꺼냈다.

"김 선생, 같이 대조해 봅시다."

"예."

지저분하게 구겨진 쪽지에는 숫자와 한글 자모음이 나열되어 있었다.

바로 군대에서 주로 사용하는 음어표였다.

"음어표가 언제 겁니까?"

음어표가 주기적으로 바뀌기에 묻는 말이었다.

"두 달 전 것이니 바뀌려면 넉 달 남았소."

음어표가 바뀌는 주기가 6개월이란 뜻.

"어디……."

두 사람은 협탁에 음어표를 두고 홍문종이 불러 준 숫자에 대입해 나갔다.

두 사람이 머리를 맞대니 금세 내용이 밝혀졌다.

CIA의 특수 요원으로 보이는 미국인 두 명, 10월 23일 김포에서 델타항공으로 출국. 귀착지 선양. 여권 이름, 게일리 머셔, 하비에르 위버. 에스퍼로 추정됨.

"엉? 에, 에스퍼?"

"어? 에스퍼라니?"

뤄시양과 김창식이 누가 먼저랄 것도 없이 놀란 음성을 뱉어 내며 서로를 쳐다보았다.

"에스퍼라면 초능력자를 말하는 거 아니오?"

"마, 맞습니다."

놀란 가슴이 쉽게 가라앉지 않는 두 사람은 다시 한 번 음어표를 맞춰 봤지만 제대로 해석한 내용이었다.

바인더북

"미친…… 뜬금없이 웬 에스퍼야?"

"에스퍼나 마나 우리더러 뭘 어떻게 조치하라고 한 내용은 없는데요?"

"이런 경우는 동향만 살피라는 거지. 근데 날짜가 너무 늦었잖아?"

"그렇군요. 21일이면 일주일 전인데 왜 지금에야 온 거죠?"

"그건 아마 H1이 여기 온 사이에 H본부에 전문이 도착해서 그럴 거요."

"그래도 이건 너무 늦는데요?"

"사정이 있을 거요. 그나저나 정말로 에스퍼가 존재할 줄은 몰랐소."

"뭐, 저 역시도 교육 시간에 들은 게 전붑니다. 그것도 미국에서 전문적으로 양성하고 있을 것이라는 추측일 뿐이었지요."

"나 역시 존재의 유무조차 확실하지 않다고 듣긴 했소만…… 이건 너무 뜬금없소."

"다른 지시가 없는 걸로 보아 참고용인 것 같습니다."

"아무래도 그런 것 같소. 본사에서도 에스퍼란 추정만 할 뿐이지 실제로 본 건 아닐 거요."

"그랬다면 내용이 더 자세했을 겁니다. 에스퍼라면 막강한 능력을 가진 자들인데 우리더러 상대하라 하겠습니까?"

"그렇다 해도 어딘가 모르게 찜찜하오."

뭔가 촉이 오는지 뤄시양이 연방 고개를 갸웃거리더니 담용을 쳐다보며 말했다.

"제트가 깨어나면 이 내용을 알려 주어 의견을 들어 보기로 합시다."

"그러죠."

꾸르륵.

김창식의 배에서 개울물 흐르는 소리가 났다.

'이런.'

그러고 보니 전날 저녁부터 먹은 게 없었다.

"배 안 고픕니까?"

"왜 안 고프겠소? 그 난리를 치느라 다들 쫄쫄 굶었구만."

"하핫, 라면이라도 한 그릇 하죠."

"그래야겠소. 제트도 정신을 차리면 요기를 해야 할 테고……. 아! 누룽지가 남았으니 끓여 놓으면 되겠소."

"다른 건요?"

"푸훗, 홀아비살림에 뭔들 제대로 갖춰 놓았겠소?"

"하하핫, 그렇기는 하죠."

"젠장. 뭘 해야 하나? 뭐 좀 할 줄 아는 것 있소?"

"하핫, 저도 솜씨가 없기는 매한가진데요?"

"그럼 라면으로 때웁시다."

"밖에 나가서 뭘 사 오는 건 어렵겠지요?"

"나가 봐야 문을 다 닫았을 거요."

하긴 지금 밖에 나가 봐야 개점휴업 상태라 헛걸음할 것이 분명했다.

두 사람이 부엌으로 향하는 그때, 담용은 한창 악몽으로 인해 식은땀을 흘리고 있었다.

비몽사몽 중에 천지를 진동시키는 폭발음이 일었다.

쾅! 콰쾅! 콰과과과과과······.

바로 등 뒤에서 들려온 굉음이었다.

뒤를 돌아보니 분수처럼 하늘 끝까지 치솟는 화염이 눈에 들어왔다.

곧이어 쿵. 쿠쿵. 쿵쿵.

지축이 사정없이 흔들리면서 땅거죽이 들썩들썩했다.

고오오오ㅡ!

짤막한 정적에 묻힌 악마의 전주곡이 선명하게 귀에 틀어박혔다.

펑! 퍼펑! 퍼펑펑!

마침내 시작된 발사음.

뇌관이나 장약이 없어도 용광로보다 더 뜨거운 열기에 화약을 잔뜩 머금은 포탄이 연쇄 폭발을 일으키는 건 당연한 현상.

그 와중에 포탄이, 미사일이 발사되지 않을 수는 없는 일.

피슈! 피슈우우우-!

포탄이 날고 미사일이 뒤를 잇는 파공음은 대재앙의 시작을 알리는 전주곡이었다.

쾅! 쾅! 콰콰쾅-!

연달은 폭발음이 마치 지척에서 터진 것처럼 고막을 아프게 때렸다.

트드드드드…….

대폭발의 잔재가 뱉어 놓은 것은 거대한 쓰나미였다.

푸다당. 푸다다다당.

스로틀을 있는 대로 당기면서 몸을 바짝 숙였다.

그러나 중과부적인지 한차례 흙먼지가 위협하듯 휩쓸고 가는 것이 먼저였다.

도로는 일직선으로 뻗어 있었다.

탈출을 위해 꼬부랑길을 피해 일부러 고른 도로였다.

그럼에도 뒤따라온 것은 흙더미 폭풍이었다.

파츠츠츠츠…….

바람에 실린 화약 냄새가 훅 끼쳐 왔다.

그 화약 냄새는 죽음을 직감하게 하는 냄새였다. 얼굴이 딱딱하게 굳었다.

화악!

열기가 닿았는지 등이 뜨거워졌다.

삽시간에 몸이 타들어 가는 느낌이었다.

가장 먼저 머리카락이 타들어 가는 냄새가 코로 스며들었다.

화상을 입었는지 등으로 극통이 느껴졌다.

메스보다 더 예리하게 살점을 도려내는 것 같은 기분이 이럴까?

'빌어먹을⋯⋯.'

휩쓸리지 않기 위해 미친 듯이 스로틀을 당겨 댔다.

연쇄적인 폭발음.

그에 따라 심장의 요동이 점점 격렬해졌다.

'이러다가 진짜 골로 갈 수도 있겠어.'

차크라를 있는 대로 끌어올려 몸을 더 단단히 했다.

때늦은 감이 있었지만 파워 슈트를 걸치듯 사이킥 맨틀(염동 장막)로 온몸을 감쌌다.

퍽! 퍽! 퍼퍽! 퍽!

쓰나미에 떠밀린 돌덩이들이 전신을 마구 두들겨 댔다.

마치 방망이에 두들겨 맞는 북어포가 된 것 같았다. 그 잠깐의 구타에 전신의 근육이란 근육이 모두 살려 달라고 몸부림을 쳐 댔다.

이건 전초전에 불과했다. 고로 이제는 목숨이 간당간당한 처지가 되어 버렸다.

퍼뜩 떠오른 건 멀티플렉싱 수법이었다.

두 가지 이상의 초능력을 하나로 합치시키는 이 수법은 아직 영글지 않은 상태였지만, 지금은 이것저것 가릴 때가 아니었다.

그 즉시 가드 코트를 시전해 사이킥 맨틀에 덧씌웠다.

차크라가 한꺼번에 쑤욱 빠져나가는 기척이 완연하게 느껴졌다.

하지만 그 덕분에 온갖 잡동사니들이 두들겨 대도 이전보다는 고통이 한결 수그러들었다.

거기에 몇 번의 폭발이 그 힘을 다했는지 잠시 소강상태에 든 것도 좋았다.

물론 잠시의 소강일 뿐, 곧 더 엄청난 쓰나미가 덮쳐올 것이다.

이때다 싶어 스로틀을 부서져라 당겨 대며 한 발이라도 더 멀어지려 용을 썼다.

부아아앙-!

그러나 그것도 잠시.

우오오오오-!

심장을 쫄깃하게 만드는 하울링에 전신이 바짝 오그라들었다.

박동의 수가 빨라지면서 투지가 썰물처럼 빠져나갔다.

꽈드드드드드…….

차지게도 따라붙는 쓰나미의 엄습에 스로틀을 더 당겨 볼 여지도 없다.

희망이 절벽이 된 기분.

정신이 멍했다.

영혼이 잘게 부서진다면 이런 느낌일까?

촤촤촤촤촤촤……

자욱한 흙먼지로 인해 주변이 조금 전보다 더 짙게 어두워졌다.

여명마저 밀어낸 쓰나미 폭풍이 지척에 다가왔다는 증거다.

결코 헤어 나올 수 없는 어둠은 마치 죽음의 통로 같았다.

차크라도 정신력도 임계치를 넘겼는지 한 가닥 남았던 정신마저 사그라지면서 까무룩해졌다.

'여기까진가?'

그런 와중에 천상의 소리처럼 누군가 악을 써 대는 소리가 들렸다.

"담당관님! 여기요! 여깁니다!"

그 소리를 끝으로 실낱같이 이어지던 의식이 끊기면서 오토바이와 사람이 한데 엉켜 쭈욱 미끄럼을 탔다.

쿠다다다당탕!

"으아아아–!"

벌떡!

"엉? 뭐야?"

"어? 깨, 깼나 봐요."

라면을 끓여서 게걸스럽게 먹고 있던 뤄시양과 김창식이 그릇을 잽싸게 치우고는 담용의 곁으로 다가왔다.

"괘, 괜찮습니까?"

"끄으응. 여, 여긴……?"

김창식의 물음에 아직도 혼몽 중에 있는지 담용의 눈은 초점이 잡히지 않은 채 흐리멍덩했다.

"안가이니 안심하십시오. 몸은 좀 어떻습니까?"

"후우. 별로……네요."

기실 성한 데가 없는 것 같았다. 온몸이 쑤시고 저리고 아린 상태였으니까.

그리고 붕대로 칭칭 감아 놓았는지 앞이 보이지 않았다.

"하핫, 당연히 그렇겠지요."

"온몸에 쇳덩이라도 박았소? 거참, 피지컬 한번 당당하오."

기실 곧 죽어도 이상하지 않을 몸 상태였던 터라 뤄시양은 많이 놀랐었다.

"후훗, 제가 몸 하나는 튼튼하지요. 그런데 지금 저를 누에고치로 만들어 놓은 겁니까?"

"하하핫. 맞소, 꼭 피라미드에서 금방 뛰쳐나온 미이라 같소."

담용을 자기가 드레싱해 놓고도 새삼 우스꽝스러웠던지 뤄시양이 껄껄껄 웃어 댔다.

놀리기보다는 어딘가 만족스러워하는 웃음소리로 들렸다.

"하면 이번에도 저를⋯⋯."

"아니오. 이번에는 여기 김 선생이 구했다오."

"에? 기, 김 요원이요?"

"하핫, 그야말로 천운이었습니다. 다행히 제가 있는 곳으로 오시더군요."

"아."

"저를 본 순간 긴장이 풀렸는지 그때부터 정신을 잃었지요."

"그런 계획은 없었지 않습니까?"

"아, 아. 혹시나 해서 요원들을 풀었소이다. 그래 봐야 세 군데 도로일 뿐이었지만 김 선생 말대로 천운이 따랐소."

"그렇군요. 또 한 번 신세를 졌습니다."

"하하핫, 신세랄 것 있겠소? 설사 신세를 졌다고 해도 돈으로 이미 갚았다오, 하하핫."

"후후훗, 제가 얼마 동안이나 정신을 잃고⋯⋯."

"그래도 이번에는 지난번보다는 빨리 깨어났소. 채 6시간도 지나지 않았으니 말이오."

"그래요?"

체감한 바로는 며칠이 지난 것 같은데 고작 6시간밖에 지나지 않았다니 담용이 더 놀랐다.

무엇보다 궁금한 것이 있어 얼른 물었다.

"밖의 상황은 어떻습니까?"

"하하핫, 대폭발이 재앙이 되면서 곧 전쟁이 터질 거란 소문이 파다하오."

"저, 전쟁요?"

"뭐, 그건 너무 비약된 말들이라 곧 뜬소문으로 치부될 테지만, 지금 밖은 난리도 아니라오."

"폭동이 일어났습니다."

"폭동이라니요? 중국도 그런 일이 가능한 겁니까?"

"거의 불가능하지요. 지금은 폭동이 일어났다기보다 인민들이 어수선함을 틈타 도둑질을 하고 있는 중이란 말이 더 맞을 거요."

"예?"

"공안과 군인 들이 죄다 현장으로 급파돼 불길부터 잡다 보니 정작 시내는 치안 부재가 됐으니 그렇지 않겠소? 게다가 지진이 일어났느니 전쟁이 터졌느니 하는 흉흉한 소문이 떠돌아서 폭력은 물론 탈취가 더 심해졌다오."

'젠장 할······.'

결코 바라던 바가 아니었지만 더 궁금한 것이 있었다.

"혹시 발표된 내용이 있습니까?"

절레절레.

"아직 아무것도 발표된 것이 없소. 내 짐작에는 불길이 가라앉지 않아서 현장에 접근조차 못 해 그런 것 같소."

"그럼 인명 피해가 얼마인지도 모르겠군요."

"그렇소. 아마…… 무시하지 못할 숫자가 될 거요."

"으으음."

분위기가 조금 무거워지는 것 같자 김창식이 나섰다.

"이미 지난 일입니다. 마음 쓰지 마십시오. 그런데 배 안 고프십니까? 뭘 좀 먹어야……."

"그러고 보니 배가 고프네요. 뭐 좀 먹을 게 있습니까?"

"누룽지를 끓여 놨는데, 그거라도 괜찮다면 드시겠소?"

"어이구, 이 마당에 누룽지면 훌륭하지요."

"그럼 잠깐 데우기만 하면 되니, 김 선생은 먹을 수 있게 붕대나 풀어 주시오."

"아, 고기가 있으면 좀 부탁합니다."

출혈이 있었던 데다 체력 소모도 심했는지 몸이 고기를 원하고 있어서 부탁하는 것이다.

이건 그냥 아는 것이다. 즉, 몸이 필수아미노산을 원해서였다.

이는 질 좋은 동물성 단백질이 부족하다는 의미였다.

필수아미노산이 식물보다 동물에 더 많이 들어 있기에 반드시 먹어 줘야 했다.

근육 퇴화 방지를 위해서도 더더욱 섭취해 줘야 했다.

"보시다시피 생고기는 없고 비상시를 위해 마련해 둔 육포는 좀 있소. 그거라도 드시겠소?"

"부탁합니다."

"그럼 먹기 편하게 그거라도 좀 끓여 오겠소."

뤄시양이 부엌으로 가는 것을 본 담용이 속삭이듯 말했다.

"김 요원, 요기를 하고 몸을 추스른 후 해거름쯤에 둥강으로 출발할 테니 준비를 해 주십시오."

"에? 그 몸으로요? 안 됩니다, 절대로요."

담용의 말에 상처가 어떤지 잘 알고 있는 김창식이 칠색 팔색을 하며 손사래를 쳐 댔다.

"제 몸은 제가 잘 아니 걱정하지 않아도 됩니다. 준비나 해 주십시오."

"준비물이야 이미 끝내 놓은 상태니 걱정할 일이 없으니…… 이, 일단 뭘 좀 먹고 얘기하지요."

"저는 임무가 끝나는 대로 거기서 바로 귀국할 예정입니다. 그러니 김 요원은 별도로 움직여 귀국하셔야겠습니다."

어떡하든 말려 보려는 김창식의 말을 흘려들은 담용이 제할 말만 했다.

"후우, 제 걱정은 하지 않으셔도 됩니다. 하면 단둥항을 이용해 귀국하실 계획이십니까?"

"아니요. 대련항으로 가서 인천으로 갈 예정입니다."

배를 이용해 귀국하겠다는 얘기.

"하긴 둥강에서 일이 벌어지면 단둥에서 출발하기 어려울지도 모르겠습니다."

"그걸 감안한 겁니다. 그래서 적당한 곳에 오토바이를 준비해 줬으면 합니다."

"예? 이 추운 날에 오토바이로 그 먼 대련까지 가겠다고요?"

말도 안 된다는 듯 김창식이 도리질을 쳤다.

그럴 것이 고속버스나 기차를 이용해도 4시간 넘게 달려야 하는 거리였기 때문이었다.

"일단 그때의 상황을 봐서 행동하겠지만, 검문검색이 심해지면 버스나 기차를 이용하는 것은 더 위험할 겁니다. 더이상 문제를 일으키는 것도 현명한 일이 아닐 테고요."

"오토바이 문제는 뤄시양 님이 단둥에 있는 요원에게 지시하면 가능할 겁니다. 어차피 그 요원이 둥강으로 안내를 해줘야 하니 어렵지 않을 테고요."

"근데 김 요원은 언제 출발할 겁니까?"

"그러지 않아도 뤄시양 님의 말로는 곧 대대적인 검거 선풍이 불거라고 합니다. 이곳 빈민가가 주 타깃이 될 거라고하니 저도 빨리 떠나야 합니다."

'그렇겠지?'

다른 이유는 없다. 빈민가란 이유 하나만으로도 충분한 것이다.

실제로도 다수의 범죄자들이 몸을 숨기거나 은신처로 삼아 도피하는 장소이기도 했다.

거기에 중국 당국에서 인민들의 시선을 돌릴 필요가 있다는 이유로 빈민가를 폭동의 진원지라 공포할지도 몰랐다.

뭐, 다 아는 얘기지만 99퍼센트의 거짓에 1퍼센트의 진실을 섞으면 진실보다 더 진실다운 스토리로 변질되지 않는가?

'쯧, 그렇게 되면 이곳은 자칫 피 칠갑의 현장으로 바뀔지도 모르겠군.'

"그래요? 그거 잘됐네요."

"그건 그렇고 둥강의 일을 하기에 지금이 적기이긴 하지만 지금 담당관님의 몸이……."

못내 걱정이 되는지 김창식의 얼굴에 근심이 떠나지 않았다.

"제 몸은 잠시 쉬면 괜찮아집니다. 제가 남다르다는 것쯤은 알고 있잖습니까?"

"그야……."

사실 제대로 본 적이 없어 긴가민가하는 부분이었지만, 어느 정도 인정하고는 있던 김창식이었다.

"그러니 걱정하지 마시고 제가 떠나면 곧바로 움직이십시오. 둥강의 일은 뤄시양 님이 이미 정해 놓은 매뉴얼대로 움직여 줄 테니, 제가 움직이는 건 그리 어렵지 않을 겁니다."

"정말…… 괜찮으시겠습니까?"

"예. 그나저나 허교익 박사의 일과 동북 3성에 대한 역사 왜곡 프로젝트, 그리고 이민혁과 그의 가족, 탈북자들의 망명이 마음에 걸리는군요."

이민혁은 북한 총정치국 대좌로 탈출했다가 붙잡혀 담용에게 구함을 받은 인물이었다.

"아, 그 문제는 뤄시양 님이 알아서 해결하겠다고 했습니다."

"어? 그래요?"

"예, 오히려 지금이 탈출하기에 적기라고 판단하고 있던데요?"

"하지만 그들이 어디에 있는지 모르지 않습니까?"

"CIA의 중국 장춘 지부 지부장인 케멀과 연락이 되니 문제는 없습니다."

케멀은 미국 메이암이라는 회사의 지사장으로 위장해 있는 인물이었다.

하기야 소재지를 알고 있다면 피신만 시키면 될 일이었다.

단지 피신 루트가 문제겠지만, 거기까지 담용이 간섭할 일은 아니었다.

'뭐, 그 정도는 나름대로 구축해 놨을 테지.'

하물며 이토록 혼란스러운 상황이라면 일이 더 쉬울 수 있어 담용은 신경 쓰지 않기로 했다.

"다만 동북 3성에 대한 프로젝트는 시간을 좀 더 두고 봐야겠습니다. 한꺼번에 일을 처리하기에는 인원이 턱없이 모자라서요."

'뭐, 동북공정이야 아직 시간이 있으니……'

"그 일은 제가 다시 한 번 와서 처리하도록 하지요."

임무가 하달됐다고는 하지만 현지의 사정이라는 것이 있다.

미룰 수 있는 일이라면 요원들의 안전을 위해서라도 뒤로 미뤄 두는 게 낫다.

"그 일은 추후에 다시 의논해서 추진해야 할 겁니다. 몰랐다면 모를까 아마 이곳이 안정이 되면 처리할 수 있을 겁니다."

'맞아, 그런 음모를 몰랐으니 일이 그토록 커질 수 있었겠지.'

아마 모르긴 해도 동북공정의 수괴라고 할 수 있는 왕민중만큼은 제명에 살지 못할 것이다.

왕민중은 중국의 역사 왜곡 프로젝트를 발의한 중국사회과원 원장이었다.

"그럴 수 있다면 다행이지요."

"그럼 서울에서 보도록 합시다."

담용은 미리 작별 인사부터 했다.

"하, 이거야 원……."

더 이상 말해 봐야 쇠귀에 경 읽기라 어처구니없어진 김창식은 그만 입을 닫고는 부엌 쪽을 힐끗거렸다.

'뤄시양이 알면 기절초풍하겠군.'

그도 그럴 것이 전신이 너덜너덜해진 몸이 저녁때까지 회복되기도 어렵지만 만신창이의 몸으로 등강의 임무에 나선다면 그야말로 사지에 그냥 뛰어드는 것이나 마찬가지였기에 기를 쓰고 말리고 나설 터였다.

그런 김창식의 속내를 짐작한 담용이 피식 웃으며 말했다.

"저녁이 되면 저절로 알게 될 겁니다."

회복력 하나는 발군인 담용이라 거기에 대해서는 걱정하지 않았다.

"자, 자, 다 됐소. 일단 먹어야 기운을 차리지. 근데 맛은 보장 못 하니 그러려니 하쇼."

"하핫, 고맙습니다."

담용은 뤄시양이 가져다준 누룽지와 제법 많다 싶은 고깃국을 그 자리에서 걸신들린 듯 게걸스럽게 먹어 댔다.

이내 동이 난 빈 그릇을 본 뤄시양이 크게 웃었다.

"하하핫, 시장이 반찬이로세. 모자라면 더 해 줄 수도 있소만."

"이 정도면 충분합니다."

배가 부르다는 느낌이기에 더 먹어 봐야 회복하는 데 지장만 있을 뿐이라 사양했다.

"그리고 방금 런민넷(인민망)을 통해 확인이 됐소만, 내일 저녁 단둥의 해상안전국에서 해난구조훈련이 있을 거란 소식이오."

"예? 해난구조훈련이라니요?"

"그렇소. 둥강 앞바다에서 실시할 거라고 인터넷에 떴소."

"아, 컴퓨터가 있었습니까?"

"그야 기본이지요. 숨겨 놔서 그렇지. 뭐, 인터넷이 그렇게 활성화된 것도 아니어서 느리기 짝이 없다오. 게다가 통제가 워낙 심해서 볼 게 있어야지. 그래도 뭐라도 건질 게 있는지 매일 확인은 한다오."

"아."

"이놈들이 해난구조훈련이 있다는 소식을 올린 걸 보면, 시선을 그리로 돌리려는 수작인 게 빤하오."

"몇 시에 시작합니까?"

"8시요."

"빠듯하겠군요."

"오늘 저녁에 출발할 수 있다면 무리 없이 준비는 할 수 있소만……."

"반드시 그렇게 될 겁니다."

담용의 시선이 김창식에게로 향했다.

"김 요원, 오늘이 며칠이죠?"

"28일 토요일입니다."

'이런!'

담용이 눈살을 살짝 찌푸렸다.

'추계육상대회를 깜빡했구나.'

기실 어제 그러니까 27일이 담민이 추계육상대회에 참전하는 날이었다. 꼭 참석해 가족들과 함께 응원하고 싶었던 담용이라 마음이 무거웠다.

사실 시간 가는 줄을 몰랐다. 아니, 까마득히 잊어버렸다고 해야 맞다.

'쩝, 참석은 고사하고 연락 한 번 해 주지 않았으니…….'

가족이라야 고작 곰방대 할아버지 내외와 담용의 식구가 전부인 행사였던 터라 막내 담민이 서운하게 생각할 것이 마음에 걸렸다.

그렇다고 연락할 수도 없는 처지니 답답한 심정이었다.

'쯧, 어쩔 수 없지.'

이미 지나간 일이었고 연연할 수도 없는 것이 가족의 행사를 임무와 혼동해서는 곤란했다.

'우선 몸부터 회복하고 보자.'

지금으로서는 무엇보다 가장 먼저 선결해야 할 일이었다.

담용이 마음을 굳혔을 때, 뤄시양이 음어표로 해석한 글귀를 내밀었다.

"조금 전에 음어로 온 내용이오. 혹시 모르니 이것도 참고

하시오."

"……?"

담용이 쪽지의 내용을 살펴보니 '에스퍼'란 단어가 가장 먼저 눈에 들어왔다.

'에, 에스퍼로 보이는 자가 선양에 왔다고?'

심장이 '쿵' 내려앉고 머리카락이 쭈뼛 섰다.

자연 담용의 입에서 놀란 음성이 튀어나왔다.

"이거 누가 전해 온 겁니까?"

"H1이오."

"하면 본사로부터……?"

"선양이 그 기능을 상실했으니 H 쪽을 통해야만 본사와 연락이 닿소."

"이 두 사람의 행방은요?"

절레절레.

"조금 전에 받았기에 알아볼 새가 없었소."

"그럼 이들이 선양에 온 이유도 모르겠군요."

끄덕끄덕.

"음어를 해석한 내용대로만 알고 있을 뿐이오."

'그럴 테지. 이들은 나를 추적해 온 것일 테니까.'

다른 이유가 없다. 이건 짐작이 아니라 당위성이라고 해도 좋을 만큼 확실한 일이었다.

이유는 에스퍼는 에스퍼들만이 그 특유의 능력을 느끼고

감지하고 추적하고 상대할 수 있어서였다.

'10월 23일이면 나와 같은 날에 선양에 도착한 거로군.'

그렇다면 그동안 자신을 따라다녔을지도 몰랐다.

물론 둘 중에 추적에 특화된 능력자가 있어야겠지만, 선양까지 따라왔다면 두 명 중에 있음이 틀림없다.

'이걸 까마득히 모르고 있었다니.'

스나이퍼 타일러를 살해한 일로 시작되어 끈질기게 따라붙고 있음을 지각한 담용은 자신이 너무 방심하며 안일했다고 여겼다.

'그런데 왜 아무런 일이 일어나지 않았던 거지?'

자신을 따라다녔다면 공안국과 119무경사단의 폭발을 두고 좌시하고만 있지 않았을 것 아닌가?

'잠재적인 적대국이어서 모른 체하는…… 아!'

퍼뜩 떠오른 것이 있었는지 담용이 물었다.

"뤄시양 님, CIA 측에서 공안국과 무경사단 폭발에 대해 암시해 온 것이 있습니까?"

"아니오. 전혀……."

'어? 그럼 뭐지? 날 찾지 못했다는 건가?'

담용은 머셔와 위버가 그의 뒤를 추적하다가 공안국 폭발 당시 크게 혼이 난 일이 있었음을 알지 못했다.

'능력을 줄기줄기 흘리고 다녔는데…….'

이건 말이 안 된다.

'아니면 검문검색이 심해서?'

이건 더 말이 안 되는 것이, 초능력자라면 제아무리 철통 같은 경비라도 무인지경으로 드나들 수 있어서다.

'나머지 한 명은 어떤 능력자일까?'

아마도 전투에 특화된 능력을 지녔을 것이다.

찾기만 하면 뭘 하나? 싸워야지.

'게일리 머셔, 하비에르 위버라…… 신경을 바짝 써야겠 군.'

그 전에 자신의 몸부터 추스르는 것이 우선이었다.

'우선 안전 조치부터 해 놓고.'

"뤼시양 님, 문단속을 철저히 해 주십시오."

"알았소. 총도 준비해 놓겠소."

뤼시양도 담용의 기색을 보고는 뭔가 심상치 않음을 느꼈 는지 살짝 긴장하더니 상의 안에서 권총을 꺼냈다.

휴대하기가 편해 첩보원들이 주로 애용하는 권총으로, 총 신이 짧은 2인치 38구경 리볼버였다.

미국 스미스 & 웨슨사의 제품으로, 장탄수는 여섯 발, 6연 발 권총이다.

국정원 요원은 7급부터 전 분야의 무장이 원칙이라 당연 히 사격에 능한 편이었다.

총기의 경우 보통은 38구경 리볼버를 휴대하지만 국산인 9밀리 K-5 군용 권총을 쓰기도 한다.

그러나 9밀리 K-5는 해외에 파견된 요원이 사용하는 일
은 없다. 국적 노출이 고스란히 드러나기 때문이었다.

뭐, 담용이야 총기 같은 것이 필요 없어 수령하지도 않았
지만 말이다.

장탄을 확인하는 뤄시양에게 담용이 말했다.

"저는 조금 더 자야겠으니, 제가 일어날 때까지는 깨우지
마십시오."

"염려 말고 푹 주무시도록 하시오."

"그럼."

담용은 모든 걸 잊고 그대로 드러눕더니 체내에 도사리고
있는 차크라의 문을 개방해 놓은 채 이내 눈을 감았다.

마음과 몸에 입은 대미지가 결코 적지 않아 차크라에 모든
걸 맡긴 것이다.

이는 2차 각성 이후부터 느낀 것이 있어서였다.

심신과 따로 논다고 여겼던 차크라가 2차 각성 이후 몸의
세포 조직처럼 스며드는 느낌이었기에 과감하게 시도하는
것이다.

그것이 아니더라도 완벽하게 치유하기 위해서는 차크라를
통제하기보다 자유롭게 놔주는 것이 훨씬 효과적임을 알기
때문이기도 했다.

'차크라, 부탁한다.'

쿨렁.

화답을 하는 것인지 느낌이 왔다. 아니, 그렇게 느껴졌다.

담용이 눈을 감음과 때를 같이하여 안가는 정적에 빠져들었다.

가늘고 긴 차크라의 기운이 뇌로 향하는 것이 느껴졌다.

차크라의 시작은 분명 일리가 있었다.

뇌는 두 가지 차원의 일을 한다.

하나는 즉각적인 것 다른 하나는 직관적인 반응이다.

오장육부를 비롯한 혈관 등은 생각하거나 고민을 하지 않는다. 이유는 뇌가 즉각적으로 명령을 내리기에 잠자코 기다릴 뿐이다.

뇌는 위험에 처하면 몸은 생각지도 않고 즉시 대피하기 마련이다.

그렇게 뇌는 사람이 태어나는 순간부터 그런 기능을 통해 생존할 수 있도록 진화해 왔다.

그렇기에 차크라는 혼돈의 와중에서 헤매고 있는 뇌부터 정화하려고 움직인 것이다.

즉 근원부터 해결해 몸과 마음을 치유하려는 차크라의 본능이 움직인 것이라 하겠다.

그렇게 시간은 쉼 없이 흘렀다.

때로는 지루할 정도로 더디 가는 것처럼 느껴지는 시간이지만, 어느새 쏜 화살처럼 빠른 것 또한 시간이다.

한나절을 꼬박 치유에 올인한 담용의 신색은 점점 평온을

되찾아갔다.

칭칭 동여맨 붕대로 인해 표시는 나지 않았지만 찢어지고 갈라졌던 상처는 빠르게 아물어 갔고, 벌겋게 부어올라 진물로 범벅이 됐던 화상 부위도 제 빛을 찾아갔다.

석양이 질 무렵에는 상처 대신 딱지가 앉아 대신했고, 급기야 해가 졌을 때는 완벽하게 회복되는 기현상이 벌어졌다.

창상과 절상으로 누더기가 됐던 몸뚱이는 물론 화상으로 도배됐던 부위마저 말끔히 치유된 것이다.

더하여 완전히 소실됐던 차크라도 제 할 일을 마치고 축기까지 끝낸 후, 원래의 자리로 돌아와 조용히 똬리를 틀고 앉았다.

심신이 안정되면서 당연하다는 듯 컨디션도 최상이 되었다.

이는 차크라의 경지가 점점 더 깊어질수록 담용의 정신과 육체가 동화된 결과였다.

차크라와 심신의 동화로 인한 효과는 적지 않았다.

신체의 각 부위를 가장 이상적인 골격으로 바꿔 줌과 동시에 두뇌를 영민하게 하여 지혜를 높여 주기까지 했다.

자연 에스퍼의 능력인 사이킥 파워 또한 덩달아 그 경지가 심후해지면서 더 익숙해지는 것은 물론 외부의 위험으로부터 절로 반응하는 예지력까지 갖추게 했다.

단지 2차 각성 때처럼 깨달음만 얻지, 아니 두쉬얀단이 현몽하지 않았을 뿐 한 걸음 더 나아간 것은 분명했다.

　그렇게 담용의 심신이 완벽하게 치유되면서 차크라가 복원된 시점은 다시 잠에 빠져든 후, 8시간이 지난 무렵이었다.

둥강 앞바다로 Ⅰ

휘잉. 휘이잉.

'웃! 바람이 세차군.'

파카 차림에 배낭을 멘 담용이 옷깃으로 파고드는 찬 기운에 지퍼를 턱 밑까지 끌어 올렸다.

담용은 현재 행여 CIA가 파견한 에스퍼들에게 노출될까 싶어 차크라를 억누를 대로 억눌러 놓고 있는 상태라 추위를 고스란히 느끼고 있었다.

그것이 장점이라면 단점도 있었다. 즉 담용 역시 에스퍼들을 감지할 수가 없다는 것.

'가는 날이 장날이라더니 날씨 한번 엿 같군.'

세찬 바람이 불면서 체감온도가 급격히 떨어진 둥강의 단둥 항구는 지금 진눈개비까지 내리고 있었다.

담용의 모습은 처음 한국에서 선양에 도착할 때처럼 고등학생으로 변해 있었고, 선양에서 단둥까지 오는 데는 별 위험이 없었다.

선양이 어수선한 상황이기도 했지만 피난길에 오른 사람들도 제법 많아 그 사이에 끼어 오다 보니 더 안전했던 것이다.

더욱이 고등학생 신분으로 분장해 교통편을 이용하다 보니 간혹 벌어지는 검문검색에서도 그 덕을 톡톡히 보았다.

단둥시가 어제 자정부터 1급 경비 체제에 들어갔다는 정보가 있었지만 생각보다 그리 대단한 것 같지는 않았다.

학생 신분이란 자체가 통행권이었는지 길을 물어도 친절했고, 가끔은 양보도 받을 수 있었던 것이다.

아무튼 프리 패스나 마찬가지인 학생 신분으로 봤는지 공안들마저도 워낙 자세히 알려 주는 통에 이곳까지 오는 데 아무런 지장도 받지 않았던 것이다.

그러나 버스가 떠날 즈음 날이 어두워지기 시작하자, 몇 대의 차량에 분승한 공안과 무경 들이 도착해 우르르 몰려 나오는 걸로 보아 본격적인 검문검색에 들어감을 알 수 있었다.

'뤄시양의 말이 옳았어.'

－단둥시가 어제 자정부터 1급 경비 체제에 들어갔다지만 대폭발로 인해 검문에 차질이 빚어졌을 것이 분명하오. 그러니 가려면 지금이 딱 적기요. 아마 가는 도중에 피난민들이 생겼을지도 모르겠소. 그 사이에 묻혀서 간다면 그리 어렵지 않게 단둥에 잠입할 수 있을 거요. 곧 군대는 아니더라도 공안과 무경 들이 빽빽하게 늘어설 거요. 단둥의 요원은 왕홍재이며 중국 이름으로는 왕홍차이요. 접선할 장소는 여객터미널 근처에 있는 예원이라는 찻집인데, 약도는…….

뤄시양은 그 외에도 제법 많은 말을 해 주었고, 담용에게는 적지 않은 도움이 됐다.

담용은 지금 저 멀리 둥강 앞바다가 보이는 시커먼 거리로 접어들고 있는 중이었다.

'근데…… 왜 이리 시꺼매?'

항구에 가까이 가면 갈수록 거리는 물론 건물까지 온통 새까만 색으로 도배가 되어 있었다.

'단둥항이 무연탄 천지라더니…….'

그냥 눈에 들어오는 웬만한 건 전부 새까맸다.

도로고 길이고 항구고 심지어는 선박까지 그런 분위기를 자아내고 있었다.

아마도 무연탄의 분진이 날아와 더께가 된 결과이리라.

한참을 걷자 도로 양쪽으로 고만고만한 건물을 사이에 두고 아주 조금 번화한 장소가 나타났다.

'단둥시의 둥강시라고?'

뤄시양에게 듣기로는 그랬지만 장소도 지명도 낯선 담용으로서는 이해가 가지 않는 행정구역이었다.

그러니까 우리가 흔히 단둥 압록강 하구, 즉 중국 측에서 보면 둥강은 중국 랴오닝성 단둥시에 위치한 위성도시인 것이다.

고로 단둥丹東시의 둥강東港시라는 게 맞다.

'여기쯤인가?'

번화한 분위기는 없지만 그래도 항구로 인해 활기가 넘친다고 하더니 딱 그 짝이었다.

그런데 날씨 탓인지 이건 휑해도 너무 휑했다.

뭐, 행인들이 아주 없는 건 아니었지만 이른 저녁 시간치고는 정말 한산하다 할 정도로 찬 바람만 부는 항구 정경이다.

'여객터미널이……'

정박해 있는 선박들은 보이지만 아직은 보이지 않아 조금 더 걸어갔다.

압록강 철교를 가까이서 보고 싶었지만 현재의 여건상 볼 수 있을지 의문이었다.

'찻집이……'

중국은 어딜 가나 찻집이 흔해서인지 둥강이라고 예외는

아니었다.

'여객터미널 전의 골목에 있다고 했지.'

두어 블록 지나 오른쪽을 보니 조금은 활성화된 상점가가 눈에 들어왔다.

'저긴가?'

초행이다 보니 제대로 찾아온 것 같아도 늘 의심스럽다.

걸어가다 보니 행인들의 발걸음이 어딘가 모르게 바빠 보였다.

그러고 보니 모두 빈손이 아니었다. 각자의 손에 들린 것은 큼지막한 비닐봉투였는데, 얼핏 봐도 대부분 먹을거리 종류라는 것을 알 수 있었다.

얼굴 표정이나 분위기도 뒤숭숭했다.

어느 모로 보나 단순히 진눈개비가 내리는 우중충한 날씨 탓인 것만 같지는 않았다.

'역시나 이곳도 폭발의 영향에서 벗어나지 못한 건가?'

그렇게 생각하니 담용만 빼놓고 죄다 유비무환의 발걸음들이다.

건물을 살피니 한국과 중국 간의 무역에 관계된 회사 간판들이 심심찮게 눈에 띄었다.

그러다가 붉은 바탕에 황금색 글씨로 '예원藝院'이라 쓰인 간판이 들어왔다.

'아, 저기네.'

담용은 예원이라는 전통찻집이 한눈에 들어오자, 걸음을 빨리했다.

　덜컥.

　찻집 문을 열고 들어서니 실내가 뿌옇다.

　'옷, 담배 연기.'

　가장 먼저 니코틴 냄새와 뒤섞인 묘한 향내가 코끝으로 스며들었다.

　'헐. 웬 사람들이 이렇게 많아?'

　밖의 휑했던 분위기가 한낱 거짓이었나 싶게 사람들로 북적거리는 찻집 실내였다.

　'하, 이래서야…….'

　이리 혼잡해서야 어디 찾을 수가 있나?

　왕홍재인지 왕홍차이인지 그것도 본명인지 뭔지 알 수가 없다.

　그냥 예원에 도착하면 알아볼 것이라 해서 움직일 수도 없어 눈살만 찌푸리며 가만히 서 있었다.

　그렇게 잠시 망설이고 있을 때, 출입문에서 멀지 않은 탁자에서 꽤나 단단해 보이는 체구의 사내가 일행을 남겨 둔 채 일어서더니 담용에게 다가왔다.

　인민복 차림의 머리가 조금 벗겨진 30 중반쯤으로 보이는 사내였다.

　며칠 동안 수염을 깎지 않았는지 조금 지저분해 보이는 인상이었다.

딱 항만 노동자의 모습.

그러나 담용에게 다가오면서 환하게 웃는 표정은 그런 인상을 상쇄하고도 남을 정도로 친근감이 들게 했다.

"네가 한국에서 온 왕일문이냐?"

"아, 저기…… 왕 아저씨?"

"크하하핫. 그래, 내가 네 육촌 아저씨인 왕홍차이다."

일부러 큰 소리를 내는 건지 아니면 천성이 그런 건지 목소리가 걸걸했다.

"아! 아저씨!"

담용이 구세주라도 만난 듯이 반가운 마음에 왕홍재(왕홍차이)의 손을 덥석 잡았다.

항만 노동자로 일하고 있는지 감촉이 꺼끌꺼끌했다.

"하핫, 그래, 그래. 시국이 어수선해서 걱정을 했는데 이렇게 무사히 도착하니 이제야 안심이 되는구나, 하하핫."

정말 그랬다는 듯 연방 웃음을 자아내며 담용을 끌고 예의 자리로 향하며 말했다.

"그래, 형님과 형수님은 무고하시냐?"

"그럼요. 아저씨 갖다 드리라고 선물도 마련해 주셨는걸요."

"어? 그래? 빨리 보고 싶구나, 하하핫."

왕홍재가 앉았던 탁자에 멈춰 섰다.

또래의 하름한 차림의 사내 두 명.

역시나 항만 노동자들인지 몰골이 추레했다.

"이봐, 홍용, 완자이, 여기 내가 말하던 육촌 조카일세."

"아! 한국에 있다던 그 조카구면."

"허헛. 하루 종일 걱정을 해 대더니 무사히 도착했구면."

담배를 뻑뻑 피워 대며 연기를 날리고 있던 왕훙재의 동료 두 명이 제 일처럼 환하게 웃으며 담용을 쳐다보았다.

삶이 팍팍했던지 두 명 모두 이빨이 한두 개씩 빠져 있어 듬성듬성 구멍이 나 있었다.

"일문아, 인사해라. 이 아저씨 친구들이다."

"안녕하세요, 왕일문입니다."

인사말을 함과 동시에 담용이 오른손을 들어 왼손을 감싸고는 가볍게 흔들어 보였다.

중국 특유의 인사법이었다.

물론 인사말도 '니하오'가 아닌 '닌하오'로 존칭했다.

두 사람도 똑같이 답례를 해 왔다.

"오호! 훤칠하니 잘생겼네. 나는 홍용이다."

"난 완자이."

"잘 부탁드립니다."

"그래, 아저씨한테 듣기로는 산둥으로 가려고 왔다고?"

"예, 본향을 알고 싶어서요."

"맞아, 홍차이 자네도 가끔 산둥에 시제를 지내러 갔다 오곤 했지."

"암은. 사람이라면 어디에 가 있든 그 근본을 알고 살아야지. 잘 왔다."

"크흠. 이보게들, 내일 아침 일찍 조카를 데리고 산둥에 다녀오려면 난 이만 가야겠네."

"암, 그래야지. 조카가 배고플 텐데 저녁도 먹여야 할 테지."

"잘 다녀오게나."

"크흐흐흣, 기왕이면 처자도 한 명 데려오지 그래?"

"예끼, 이사람, 노동판에서 굴러먹는 나한테 시집올 여자가 어딨다고 그러나?"

"크크큭, 그야 모르지 한눈에 홀라당 반해서 마구 안겨 드는 처자가 있을지도 모르잖나?"

"쳇, 일없다네."

"그나저나 시국이 이래서 무사히 갔다 올 수 있을지가 걱정이군."

"설마 죄지은 것도 없는데 무슨 일이 있을라고."

"누가 꼭 죄를 지어서만 낭패를 보나? 재수 없으면 그렇게 될 수 있다는 거지."

"조심할 테니 걱정하지 말게. 나 없는 동안 술 너무 마시지 말고."

"쩝. 그러고 보니 찻값, 술값을 낼 물주가 없어지니 큰일

났군 큰일 났어."

"쿵! 그럼 나 가네."

"그려, 가 보게."

"기왕이면 산둥의 명주인 이펀징즈라도 한 병 가져오게, 하하핫."

"헐. 그 비싼 술을……. 뭐, 구할 수만 있다면 가져오도록 하지. 얘야, 그만 가자."

왕흥재는 담용의 소매를 잡고 밖으로 나오자마자 어투가 바뀌었다.

"감시의 눈이 있을 수 있으니 걸어가면서 얘기합시다."

"예? 감시라니요?"

되물으면서 차크라를 살짝 움직여 기감을 흘렸다.

따르는 이가 없는 것 같아 얼른 거둬들였다.

혹시라도 에스퍼들이 있을까 저어해 길게 끌 수가 없었던 것이다.

"중련부에서 단둥에 비밀공작부를 설치했다는 첩보가 있소."

"중련부라면……?"

"중련부는 중국공산당 중앙 직속 기관의 하나요. 원래 그들이 하는 일은 외교가 핵심인데, 어쩐 일인지 근래에 주요 성도와 공항 그리고 항만에 지부를 설치했다고 하오."

'옥상옥을 만든 모양이군.'

원래 독재 치하일수록 서로를 감시하기 위한 수단으로 옥상옥과 같은 부서가 수도 없이 생기기 마련이었다.

"게다가 산둥은 지금 1급 경비 체제로 전환된 상황이오. 뭐, 대폭발로 인해 조금 차질이 있긴 하지만 조심해서 나쁠 건 없소."

"예. 저도 들었습니다."

"조금 전의 찻집 역시 적어도 다섯 명 정도는 감시자가 있었을 거요. 그래서 다 들으라는 식으로 떠들어 댄 거고."

'후훗, 어쩐지······.'

유난히 큰 소리로 설레발을 떤다 싶었다.

"이따가 저녁 8시부터 해상안전국의 주도하에 해난구조훈련이 실시될 예정이오."

뤼시양에게서 이미 들은 말이었다.

"원래 예정되어 있던 것이 아니라 갑작스러운 결정이오."

예정되어 있었다면 모르고 있을 수 없다는 뜻.

"둥강 앞바다의 일을 숨기기 위한 얄팍한 술책이지요."

담용이 듣고만 있자, 왕훙재가 말을 이었다.

"그리고 3일 전에 외국인 세 명이 들어왔소."

"외국인? CIA입니까?"

"그건 알 수 없소. 다만 그중 한 명이 그날 돌아갔다는 건 아오. 그만큼 노동자들의 눈이 도처에 있어 그런 정보까지 빠삭하게 알 수 있다오. 그대 역시 한창 입에 오르내리고 있을 거요."

"그 정도입니까?"

"뭐, 무역에 대한 정보를 사고파는 일이 적지 않다 보니 시시콜콜한 것까지 정보랍시고 떠들어 댄다고 보면 되오."

'풋, 할 일도 되게 없나 보네.'

"혹시…… 그 외국인들 인상착의를 알 수 있습니까?"

절레절레.

"나도 몇 다리 건너서 들은 말이라…… 그래도 신빙성이 90퍼센트 이상이오."

"혹시…… 직업이 뭔지 물어도 됩니까?"

"하핫, 부두에서 하역하는 노동자요."

'역시…….'

담용은 힘든 직업이란 생각을 했다.

"의외라고 여기겠지만 이곳에서 정보통으로는 노동자들이 최고요. 공안이나 안전부보다 숫자도 많은 데다 빠르고 정확하오. 그걸로 적지 않은 부수입을 챙기는 이들도 꽤 되오. 그래서 선택한 직업이 부두 노동자라오."

듣고 보니 그럴듯하다는 생각에 담용이 가만히 고개를 끄덕이다가 물었다.

정보의 종류가 뭔지는 모르겠지만 말이다.

"미국인이라면 생김새만 봐도 확 표시가 날 텐데, 짐작이 가는 곳이 없습니까?"

"하핫, 여긴 외국인이 심심찮게 드나드는 곳이라오. 미국인뿐만 아니라 러시아인과 캐나다인 그리고 영국인까지 종종 볼 수 있다오."

"아, 그래요?"

"이유는 여기 둥강항이 톈진(천진)항과 연계되어 있어서 그렇다오. 바다가 없는 몽고의 원자재 때문인데 톈진항이 물량을 감당하지 못하는 경우가 많아 자주 이곳 둥강으로 몰려든다오."

"물건을 받거나 중간 확인을 하기 위함이로군요."

"그렇소. 중국 내에 있는 자국의 공장으로 가거나 아니면 이곳을 거쳐 자국으로 가는 물품이 많다오."

"그렇다면 북적거릴 텐데 어째 조용하네요."

"제법 붐비는 항구인데 오늘은 선양의 지진으로 인해 불안해서 전부 귀가한 거요."

단둥은 아직도 폭발을 지진으로 알고 있는 듯했다.

담용은 곧 알게 될 일이라 굳이 진실을 알려 주고 싶지 않아 잠자코 있었다.

"아마 곧 검문이 시작되면 통금이 발효될지도 모르오."

"통금이면 몇 시까지죠?"

"이전의 예로 보면 밤 10시에서 새벽 4시 사이가 될 걸로 보오."

"하면 해난구조훈련도 그때 끝납니까?"

"그건 모르겠소. 그 때문에 내일부터 통금이 시작될 수 있으니 말이오."

'엉?'

갑자기 명치 끝이 간질간질한 느낌에 담용이 걸음을 잠시 멈췄다가 움직였다.

'뭐, 뭐지?'

단 한 번도 없었던 몸 안의 기현상에 담용이 곤혹스러운 표정을 자아냈다.

'뜬금없이 차크라가 왜……?'

단 한 번도 자신의 의지 없이는 움직이지 않았던 차크라가 스스로 신호를 보낸 것에 담용은 일시 어찌할 바를 몰랐다.

두둥.

얼라?

이제는 간질하다 못해 발길질까지 해 댔다. 마치 엄마 배 속에 든 아이가 발로 차는 것처럼.

뭔가 이유가 있음을 안 담용이 얼른 주변을 살펴보았다.

'에스퍼다.'

느낌이 딱 그랬다.

차크라가 이유 없이 발동하지는 않을 테니 원인이라면 초능력자를 향한 반응일 것이다.

'물류 회사가 왜 이리 많은 거야?'

간판이란 간판이 죄다 'ㅇㅇ物類'다.

"지금 어디로 가는 겁니까?"

"내 집으로요. 왜 그러는 거요?"

담용의 기색이 조금 이상했는지 왕홍재도 주변을 훑었다.

"뭐가 이상하오?"

"물류 회사가 많네요?"

"아, 그야 당연하지 않소? 항구인데…….."

'그건 아는데…….'

이곳의 물류 회사란 것이 담용이 아는 규모와는 천양지차
라 의문이 들었다.

꼭 무슨 구멍가게같이 고만고만했고 그나마도 다닥다닥
붙어 있었다.

심지어는 그 흔한 창고 하나 보이지 않았다.

"물류 회사라면 주로 뭔 일을 합니까?"

"하핫, 거창한 건 아니고 택배 회사라고 보면 되오. 말하
자면…… 포워더forwarder라고 보면 맞을 거요."

"아, 아, 포워더."

담용은 그제야 이해가 갔다.

포워더는 자체적으로 실제 수송 수단을 가지지 않지만 화
물주로부터 모은 화물을 정리해 이를 대리하여 발송인이 되
어 전반적인 운송 책임을 맡는 업자였다.

두 사람은 여객터미널에서 하류를 향해 한참이나 걸어갔
다.

투두둥.

'윽!'

또 한 번 차크라가 강하게 반발하자, 담용이 속으로 신음을 뱉어 냈다.

조금 전이 신호 수준이라면 이번엔 경고 수준이었다.

'갑자기 왜 안 하던 짓을 해? 좀 가만히 있어.'

담용은 행여 자신이 노출될까 노심초사했다.

중요한 일을 앞둔 지금 다른 곳에 신경 쓸 여력이 없는 처지에 난데없는 차크라의 준동은 반갑지가 않았다.

하지만 신경 쓰지 않을 수도 없는 일.

'가까이에 초능력자가 있다.'

그 때문에 차크라의 반응이 더 거세진 것이리라.

하지만 차크라가 준동했다고 해서 에스퍼들이 감지할 만큼의 기세를 뿜어낸 것은 아니었다. 오롯이 담용 본인만이 느낄 수 있는 기세.

'게일리 머셔, 하비에르 위버.'

이름을 다시 한 번 또렷이 되새겼다.

자신이 들은 에스퍼라면 이 두 사람뿐이었다.

더불어 어떤 자들인지는 몰라도 곧 조우하게 될 것 같은 예감이 강하게 들었다.

'그래, 미국인이니 그들과 연관이 있을 법한 포워더가 있을 거야.'

이 근처 아지트가 있다면 CIA의 끄나풀이 포워더로 가장
하고 있을 게 십중팔구였다.

늘 그렇듯 에스퍼들은 CIA 요원들과 행동을 같이해 왔으
니 말이다.

그런 생각이 들자, 담용이 슬쩍 물었다.

"미국과 관계된 포워더들도 많겠군요."

"당연하오. 거래 규모가 가장 커서 서로 줄을 대려고 난리
라오. 가만있자……."

왕홍재가 주변을 두리번거리더니 이내 손을 가리켰다.

"어, 저기 있네."

"……?"

"저기 3층에 '(株)丹東物類'라고 적힌 거 보이시오?"

"아크릴 간판 말입니까?"

그나마 허접한 나무판때기 간판들 중에 그래도 아크릴 간
판이 눈에 띄긴 했다.

"보기엔 저래도 수입액이 장난 아닐 정도로 많이 번다고
소문이 났다오."

"그래요?"

"사장이 달린 웡이란 자인데, 중국계 미국인이오. 그 때문
인지 미국의 인맥을 이용해 그쪽 오더를 주로 받아서 한다더
군요."

'빙고!'

담용은 제대로 짚었다고 여겼다.

'놈들은 분명히 저기 있어.'

또 한 가지 분명해진 점은 에스퍼들이 담용을 추적해 온 것이 아니라는 것이었다.

아울러 주의할 점이 하나 있다.

에스퍼들을 대할 때는 한계를 지어서는 곤란하다는 것.

겉은 인간의 모습이지만 그 속에 어떤 괴물이 도사리고 있을지는 짐작하기도 어려운 존재가 바로 에스퍼들이기 때문이다.

'편히 쉬기는 글렀군.'

둥강의 일을 준비하면서 에스퍼들의 움직임을 수시로 살펴볼 필요가 있었다.

'일단 배부터 채우고……. 아참, 이 기회에 오관과 사지에 나디를 심는 것을 연습해 놔야겠군.'

족제비 이상철을 처리할 때 느닷없이 생긴 능력이었지만 묵혀 두기에는 무척 효율적인 능력이라 연습이 필요했다.

"1층 출입문 옆을 보시오."

"……?"

"짙은 자주색 천으로 덮어 놓은 물건이 보이지요?"

"예."

형태가 딱 오토바이이다.

"여기……."

왕홍재가 키를 건넸다.

"저기 있는 오토바이 열쇠요."

"고맙습니다."

뤄시양에게 주문했던 오토바이를 왕홍재가 마련해 둔 듯했다.

"250cc로 중고지만 일제 야마하요. 여긴 일제 천지라…….시험해 보니 상태는 그런대로 괜찮았소. 의자를 열면 작업복 한 벌이 있을 테니, 무사히 빠져나오게 되면 갈아입도록 하시오. 헬멧도 갖춰 놨고 또 뒷자리에 기름을 한 통을 준비해 놨으니 달리다가 떨어지면 보충하면 되오."

들어 보니 비교적 철저하게 준비해 놓은 듯한 기분이 들었다.

말로라도 사례를 하지 않을 수 없다.

"감사합니다."

"그리고 탈출 루트를 미리 알아 두는 게 좋겠소. 대련으로 가려면 저기……."

손가락이 가리키는 대로 시선을 돌린 담용의 눈에 좁은 골목이 들어왔다.

"저 골목만 벗어나면 농로 같은 소로가 나올 거요. 무조건 직진하시오. 20분가량 달리다 보면 큰 도로가 보일 거요. 안전하다 싶을 때 좌측으로 꺾으면 되오. 나머지는 이정표를 따라가시오."

"알겠습니다."

왕훙재가 골목을 꺾어 들어갔다.

"뭐 좋아하는 음식이라도 있소?"

"아, 전 아무거나 잘 먹습니다."

"돼지고기를 좋아한다면 충분히 준비해 놓긴 했소만……."

"훌륭합니다. 그걸로 배를 채우지요."

"하핫, 역시 고기로 배를 든든하게 채우는 게 임무를 수행하는 데 도움이 될 거요."

"자, 다 왔소."

빈민가를 겨우 면한 허름한 나무 쪽문 앞에서 멈춰 섰다.

'또야?'

국정원 해외 파견 요원이 머무는 집마다 이토록 열악한 것에 담용은 그만 어처구니가 없었다.

이것으로 볼 때, 뤄시양 역시 썩 좋은 직업을 가진 것 같지는 않았다.

물론 수당을 더 받는 이들이라지만 근무 환경이 이래서야.

'투철한 국가관 때문인가?'

그런 이유가 아니면 아귀가 맞지 않는다.

'존경스럽군.'

담용의 표정을 본 왕훙재가 의미 모를 웃음을 짓고는 열쇠를 땄다.

"들어갑시다."

"아, 예."

단둥물류.

꽤나 묵직해 보이는 공기통을 둘러멘 머셔가 손에 든 권총을 이리저리 살피며 꾸물대고 있는 위버에게 짜증 난 목소리로 말했다.

"위버, 시간 없는데 빨리 배낭 안 메고 뭐 해?"

"머셔, 뭐가 그리 급해. 아직 윙도 안 왔는데. 근데 이 권총 신기하지 않아?"

"권총을 한두 번 다뤄 봐? 촌스럽게시리……."

"넌 어떤지 모르겠지만 난 글록Glock만 사용했거든. 근데 이 권총 이름이 뭐라고?"

"매그넘 리볼버357."

"그래? 되게 구식이다. 히히힛."

"빨리 집어넣고 준비해."

"이거 물에서도 발사가 가능한 거야?"

"그렇게 쓸 일은 없을 거야. 그래도 모르니까 잘 간수하라고."

"알았어."

위버가 권총을 신기한 듯 몇 번을 더 살피다가 겨드랑이에 끼워 넣었다.

"곧 8시야. 빨리 준비해."

"거 되게 보채네."

"이번 일은 해군 출신인 네 역할이 중요하다는 걸 몰라서 그래?"

"에이 쒸, 알았다니까 그러네."

그때 사무실 출입문이 열리면서 달린 웡이 들어왔다.

"준비되셨나?"

"예, 바로 출발하면 됩니다. 그런데 경비가 더 심해졌다면서요?"

지금 나가도 괜찮겠냐는 뜻.

"하핫, 길을 터놨으니 염려 마시게. 자, 당장 가세."

"예. 위버, 출발이다."

"내 걱정은 말고 앞장이나 서."

툭.

위버가 머셔의 등을 떠밀었다.

"윽."

슬쩍 떠밀었을 뿐임에도 머셔가 오만상을 찌푸리며 앞으로 고꾸라질 듯 휘청거렸다.

"이런 약골을 봤나?"

"짜샤, 그거 흉기인 줄 몰라서 그래?"

"뭐래? 살짝 떠밀었다고."

"아무튼! 너…… 내 몸에 손대지 마."

머셔가 위버에게 험악하게 인상을 한 번 긁고는 실내를 빠져나갔다.

"훗, 짜식이 귀엽게 놀기는."

머셔와 위버가 밖으로 나왔다.

위이이잉-!

"웃, 날씨 한번 최악이네."

"이런 날이 일하기에는 더 좋다네. 자, 따라오게."

위버가 투덜거리자 달린 웡이 간단하게 대꾸해 주고는 도로를 빠르게 가로질러 눈앞의 골목으로 접어들었다.

역시 빠른 걸음으로 내달려 나란히 한 머셔가 웡에게 물었다.

"지금 해난구조훈련이 시작됐습니까?"

"아직이네. 곧 해난구조훈련을 시작한다는 사이렌이 울릴 거네."

"해변은 경계가 더 심해지겠군요."

"아, 하류 쪽은 경계가 그다지 심하지 않을 거네."

"비상이 걸린 것 아닙니까?"

"둥강 앞바다의 일은 고위급 몇 명만 알고 있는지라 부하들은 경계를 하고는 있지만 그저 흉내만 낼 뿐이지. 그리고 해안이 너무 길어서 경계 범위도 한계가 있네."

"얼마나 더 가야 합니까?"

"해난구조훈련을 해안에서 6백 미터 떨어진 곳에서 한다네. 뭐, 훈련을 한다기보다 일이 끝날 때까지 접근하는 수상한 배나 침입자가 있는지 감시하는 역할이라고 보면 되네."

그때다. 달린 윙의 말이 끝나는 것을 기다렸다는 듯이 사이렌이 울렸다.

에에엥. 에에에에에에엥.

"시작했군."

걸음을 멈춘 달린 윙이 머셔와 위버를 돌아보았다.

"난 알아보는 사람이 많아 여기까지밖에 안내할 수 없네."

"하면……."

"하구로 내려가다 보면 해안가에 풍향을 알려 주는 붉은 깃발이 보일 걸세. 안전한 지역이기도 하지만 그 지점에서 출발하면 정확히 목적지에 도착할 걸세. 물론 조류로 인해 다소 오차가 있는 것을 감안해야 할 걸세."

"그냥 조류에 맡기면 되는 겁니까?"

"물살의 세기에 따라 다르겠지만 거의 맞을 걸세."

"알겠습니다."

"이 시각에 우리 측 위성이 지나지 않는다는 것쯤은 알고 있으리라 믿네."

"예."

이미 존슨에게 들은 내용으로 중국 측에서 일부러 이 시간을 택한 것이라고 했다.

"그래서 좌표 읽는 법과 나침반 교육을 받았습니다."

"좋네. 염려가 되는 것은 북한 선박에 소나 돔이 장착되어 있을지 모른다는 것이네."

물속에서 호흡하면서 발생하는 기포음까지 탐지될 수 있음을 상기시키는 말이었다.

"그 말 역시 들었습니다. 그 때문에 가까워졌을 때는 무호흡으로 접근할 겁니다."

'하긴 초능력자라면 범인들과는 다른 면이 있을 테지.'

정확히는 알 수 없다지만 수중이라도 20분 내외 정도는 능력을 발휘할 것으로 여겨졌다.

뭐, 그것으로 충분할지는 모르지만 말이다.

"그럴 일은 희박하지만 혹시라도 고성능 소나 돔을 장착했다면 얕은 기포 소리에도 발각될 수가 있네. 그러니 그 점을 유의하도록 하게."

만에 하나 있을지 모를 소나 돔의 예민함을 주의하라는 뜻.

"그러죠."

"시간을 잘 맞춰야 하네. 15리터 공기통이 두 개씩이라지만, 수심 10미터를 기준으로 보면 최대 2시간이 한계임을 잊지 말게. 특히 귀환할 때를 생각해 되도록이면 공기를 아껴야 할 거네."

"잘 알고 있습니다."

"후우, 혹시라도 뜻밖의 사태가 발생하면 게이지를 수시로 확인해 공기의 양을 체크하는 것도 잊지 말게."

"후훗, 걱정이 너무 많으시네요."

"그러게. 너무 걱정하지 마시고 그냥 먹을 거나 준비해 놓고 편안히 기다리고 있으면 돼요, 히힛."

'젠장. 내가 걱정하지 않게 생겼나?'

풋내기에 핏덩이들을 물가에 내놓는 심정인데, 어찌 안달복달하는 마음이 없을까?

그나마 에스퍼들이라고 하니 그 능력을 믿어 보는 것일 뿐 솔직히 정말 안심이 안 됐다.

"쩝, 돌아오는 지점은 이곳 출발지네. 정확한 지점이 아니더라도 이 근방 어딘가에 도착하기만 하면 내가 찾을 수 있으니 나 외에는 그 누구와도 접촉하지 말게."

"알겠습니다."

"그리고 다시 한 번 말하지만 조류의 흐름은 상관하지 말고 무조건 정동 방향만 가야 함을 잊지 말게."

"글쎄, 염려하지 말라니까 몇 번이나 말해요?"

'후우, 애송이들아, 내가 주책이라서 그런다.'

그럴 것이 달린 윙으로서는 막냇동생뻘이라 여간 마음 쓰이는 것이 아니어서 몇 번이나 주의를 주는 것이다.

"특히 위버 군의 역할이 중요하네."

"케헴, 염려하지 말라니까 자꾸 그러시네."

'짜샤, 네 자신감이 너무 지나치니까 오히려 더 걱정된다.'

속마음이야 그랬지만 대놓고 말할 수는 없어 달린 웡은 여기서 헤어지기로 했다.

"그럼 무사히 돌아오기를 기다리겠네."

"거…… 맛난 거나 많이 준비해 놓으십쇼."

"하핫, 그러지."

"위버, 여기까지 와서도 먹는 것부터 챙기냐? 좀 긴장하라고."

"내 할 일은 확실히 할 테니 걱정 마라."

"웡, 이제 우리가 알아서 할 테니 그만 돌아가셔도 됩니다."

"알았네."

대답은 하지만 웡의 표정에는 근심이 떠나지 않았다.

'뭐, 자신이 있으니 저렇게 여유를 가지는 거겠지.'

달린 웡은 플루토 요원들을 인정하기로 한 이후 그들의 언행에 대해 추호도 의심하지 않았지만, 가슴에 묵직한 바위가 앉은 기분인 것만은 어쩔 수 없었다.

'돌아올 때까지 잠자기는 글렀군.'

BINDER
BOOK

둥강 앞바다로 Ⅱ

음력 초사흗날 밤하늘 초승달도 보이지 않는 악천후가 계속되고 있었다.

어둠이 까맣게 내려앉아 있는 밤은 마치 어둠에 흡수된 것만 같았다.

마치 쥐들이 고양이 울음소리라도 들은 것처럼 사위는 침묵에 잠겨 있었다.

예의 골목 어귀로 인영 하나가 나타나더니 은밀히 주변을 살폈다.

바로 임무를 수행하기 위해 만반의 준비를 갖춘 담용이었다.

잠수 슈트가 아닌 쫄쫄이 차림인 담용은 비니 모자에 등에는 비닐로 덧씌운 색을 멘 상태였고, 양손에는 오리발인 핀한 켤레와 수경이 부착된 마스크를 들고 있었다.

얼핏 보기에도 추워 보이는 데다 수중 침투 장비치고는 참으로 보잘것없었다.

그러나 정작 담용은 뒤를 연방 살피느라 여념이 없었다.

'쩝. 말리는 걸 떼어 내느라 혼났네.'

사실 왕홍재가 담용의 허접한 장비를 보고는 극구 말리는 것도 모자라 문을 가로막기까지 해서 곤란을 겪었기 때문이었다.

당연히 담용을 생각해서 한 행동이었지만 그렇다고 능력을 드러내 증명해 보일 수도 없는 노릇이라 도망치듯 아지트를 빠져나올 수밖에 없었다.

다행히 뒤따라 나오지는 않은 것 같았다.

상황은 이랬다.

─장비가 그것뿐이오?

─예.

─허참. 그런 장비로 어떻게 1킬로미터 이상을 잠수해 간단 말이오? 그것도 바다를…….

─나름대로 방법이 있으니 걱정하지 않으셔도 됩니다.

─아무리……. 물살도 물살이지만 수심이 얼마나 되는지 알기나 하는 거요?

─얼마나 됩니까?

―대체…… 족히 30미터는 될 거요. 먼바다로 가면 갈수록 더 깊어질 건 당연할 테고.

―갈수기라고 들었습니다만.

―갈수기라도 그건 강에서나 하는 얘기지 바다는 별 차이가 없다오. 본사에서 뭔 말을 들었는지는 모르지만, 도무지 안 되겠소. 이번 작전은 포기해야겠소.

―가야 합니다.

―글쎄 그런 장비로 가다가는 도중에서 죽을 수도 있다니까 그러오. 본사에는 내가 보고하겠소. 그러니 이쯤에서 돌아가는 게 좋겠소.

―안심이 안 되는 건 알겠지만 자신이 없었다면 여기 오지도 않았습니다. 그러니 결과를 기다려 보시지요.

―뭐라고 해도 목숨보다 중요한 건 없소.

―이런 차림을 한 이유는 놈들의 소나를 피하기 위해서입니다. 특히 오늘 같은 밀거래 시에는 소나 돔을 장착한 선박까지 동원했을 겁니다. 그러니 장비가 많으면 많을수록 탐지에서 자유로울 수가 없지요.

―그건 알지만 GPS는 고사하고 공기통도 없이……. 장비가 너무 열악하오. 내가 볼 땐 꼭 자살하러 가는 것 같단 말이외다.

―하핫, 기회가 되면 또 뵙도록 하지요. 그럼.

그길로 담용은 아지트를 박차고 나왔던 것이다.

'왕 선생, 마음만은 고맙게 받겠습니다.'

내심으로 신세를 진 왕홍재에게 고마움을 표시한 담용이 시계를 쳐다보았다.

시각은 8시가 되기 전인 10분 전이었다.

'늦지 않았군.'

담용이 그 즉시 방향을 잡아 움직였다.

그가 향하는 곳은 둥강 하구 쪽이었다.

해난구조훈련으로 인해 통제가 됐는지 거리는 한산하다 못해 인적을 찾아볼 수 없을 정도로 적막했다.

그렇지만 담용은 어둠 속에서도 유독 음영이 진 곳만 골라서 빠른 속도로 이동하고 있는 중이었다.

'철제 풍향계가 세워져 있는 곳이 잠수하기에 안전하다고 했지?'

해안가를 살피며 철제로 된 풍향계를 찾아 부지런히 살폈다.

그때, '에에에에엥' 하고 사이렌이 울었다.

'시작했군.'

왕홍재의 말로는 해상구조훈련을 여객터미널에서 6백 미터 이상 떨어진 지역에서 실시한다고 했다.

하구로 온 이유도 거기서 기인했다.

그렇게 해안가를 면밀히 살피며 조심스럽게 발걸음을 내

딛던 담용의 시야에 언뜻 비치는 인영이 보였다.

'엉?'

얼른 몸을 낮추고는 화단에 몸을 숨긴 담용이 머리만 살짝 들어 보니 전봇대 뒤에 비스듬히 몸을 숨긴 채 전면을 향하고 있는 사내를 발견할 수 있었다.

'누구지?'

정체가 궁금했던 담용이 잠시 머리를 굴리는 사이에도 사내는 미동도 하지 않은 채 전면만 주시하고 있었다.

자연 담용의 시선도 사내가 바라보고 있는 쪽으로 향했다.

'헐, 방심했구나.'

사내가 주시하고 있는 곳에 세 명의 또 다른 사내가 머리를 맞대고 있는 것이 아닌가?

그들 중 두 명은 묵직한 공기통을 메고 있었다.

'안전 기관에서 나온 첩보원인가?'

중국의 안전 기관은 정보기관을 말했다.

'어?'

담용은 한눈에 외국인임을 알아보았다.

그것도 두 명으로 노랑머리의 백인과 갈색 머리의 히스패닉계 사내였다.

어두운 밤이라고 해도 안력을 돋우고 있는 담용이 구분하는 데는 지장이 없었다.

하지만 한 사내는 현지인인지 동양인이었다.

'에스퍼들이 틀림없어.'

담용은 확신했다.

'그런데 여긴 어쩐 일이지?'

이로 보아 담용을 추적해 온 것이 아님은 확실했다.

'흠, 장비가 꽤 많은데?'

척 봐도 수중 침투 장비임을 알 수 있었다.

수중에서 몸을 보호해 주는 웨트슈트wet suit, 납으로 만든 추인 웨이티드 벨트weighted belt, 비상시를 대비한 구명구인 라이프 베스트life vest. 그리고 각기 두 개의 고농축 공기통 등등.

'저 정도 장비를 갖췄다면 레귤레이터regulator(호흡기)와 잔압계 그리고 수심계도 당연히 지니고 있을 테고……. 설마?'

담용은 순간 이들이 자신과 같은 목적으로 온 것이 아닌가 하는 생각이 들었다.

그런데 그런 자들치고는 어째 장비들을 둘러멘 모습이 초보자가 스킨스쿠버를 하는 것처럼 무척이나 어색해 보였다.

'왜 저리 꾸물대는 거지?'

나디를 귀로 돌려 엿들어볼 마음이 있었지만 곧 생각을 접었다.

거리가 가까웠기에 혹시라도 에스퍼들에게 발각될까 염려해서다.

초능력의 수준 또한 알 수 없었기에 조심해서 나쁠 것은 없었다.

잠시 쑥덕거리던 동양인 사내가 볼일을 다 봤는지 옆 골목으로 새더니 금세 사라졌다.

남은 사람은 외국인 두 명.

하지만 곧 하구 쪽으로 이동했다.

지켜보던 사내 역시 그제야 움직였다.

'대체……..'

외국인 두 명은 뭐고 또 뒤를 추적하고 있는 사내는 뭐란 말인가?

외국인은 비록 미미하긴 하지만 에스퍼 특유의 기세를 띠는 것으로 보아 필시 머셔와 위버일 것이다.

그런데 저 중국인은 누구란 말인가?

'아!'

퍼뜩 떠오른 생각은 사내가 중국의 첩보원일 것이란 점이었다.

근데 뭔가 조금 이상하긴 했다.

'결정적인 증거를 잡으려는 행동은 아닌 것 같고…….'

징비만 봐도 의심스러운 상탠데 먼저 잡아 놓고 족치면 될일을 굳이 어렵게 갈 필요가 없지 않은가?

담용은 일단 두고 볼 심산으로 잠시 뒤를 따르기로 했다.

어차피 자신의 목적지도 같은 코스였기에 임무에 지장은 없었다.

뒤를 쫓는 사내의 이목을 조심하느라 담용의 발걸음이 고양이 걸음으로 바뀌었다.

그렇게 얼마나 더 갔을까?

해안가에 풍선처럼 생긴 깃발과 독수린지 닭인지 모를 모형의 풍향계가 우뚝 선 모습이 눈에 들어왔다.

동시에 두 외국인도 걸음을 멈췄다.

당연히 추적하던 사내도 걸음을 멈추고 몸을 음영이 진 구석에 숨겼다.

담용도 조금 더 지켜보기로 하고는 은신했다.

중국 첩보원으로 보이는 사내의 행동은 어디가 모르게 군더더기 하나 없이 무척 자연스러웠다.

'전문교육을 받은 것 같군.'

그것도 고도의 훈련을 받은 냄새가 났다.

머셔와 위버는 잠깐 사이에 수중 침투 준비를 끝냈다.

방파제나 테트라포트도 없는 담벼락 같은 해안가는 초사흘인 만조 때라 그런지 바닷물로 찰랑거렸다.

시선을 마주 보던 두 사람이 돌아서더니 다시 한 번 점검하고는 그대로 뒤로 넘어졌다.

'저들을 뒤따라가면 되겠어.'

완벽할 정도로 장비를 갖추고 있는 것으로 보아 목적지까지 가는 데 신경 쓰지 않아도 될 것 같았다.

기실 담용으로서는 장비라고 할 수 없는, 그냥 맨몸뚱이라고 해도 과언은 아니었다.

색 안에 든 것은 전부 폭발물일 뿐이었고, 나머지라야 핀한 켤레, 수중 마스크, 나침반 그리고 수심계가 전부였다.

당연히 안내자(?)로 자처하는 머셔와 위버를 뒤따르면 여러모로 편리할 것이 분명했다.

하지만 그 전에 첩보원으로 보이는 사내부터 처리를 해야 운신이 자유로울 것이다.

사내는 최대한 편한 자세를 취하며 벽에 등을 기대더니 가져온 담요를 덮었다.

'올 때까지 기다리겠다는 건가?'

여기서 판단이 살짝 헷갈렸다.

도대체 무슨 의도인지 짐작이 되지 않았다.

머셔와 위버에게 적인가? 아군인가?

통화를 하는 눈치도 아니어서 많이 이상하긴 했다.

'일단 제압부터 해 놓고……'

담용 역시 한시도 지체할 수 없는 몸이라 결정을 내렸다.

제압하기로 마음먹은 담용이 소리 없이 움직였다.

거리라야 불과 20여 미터. 그 간극을 좁히는 데는 달랑 몇 초면 충분했다.

두 명의 에스퍼가 근처에 없는 이상 나디를 마음껏 운용해 전신에 골고루 두른 담용의 움직임은 기척 하나 없었다.

한데 고도의 훈련을 받은 사내의 이목을 완전히 속이기에는 모자랐던지 편하게 기댔던 녀석이 튕기듯 일어나더니 잽싸게 담용 쪽으로 돌아서자마자 권총을 겨눴다.

'늦었어.'

담용의 염동력이 권총을 쥔 사내의 손아귀부터 비틀어 버렸다.

뚜뚝.

"앗!"

손목이 난데없이 기형으로 꺾인 사내의 입에서 새된 비명이 튀어나옴과 동시에 권총이 바닥에 떨어졌다.

그 순간, 한 마리 새매처럼 날아든 담용이 사내의 후두부를 강하게 내리쳤다.

뻐억.

"끄끅."

사내는 머셔와 위버의 경호 책임자인 도리안 쏜스케였다.

쏜스케로서는 억울했지만 담용이 이를 알 리가 없었다.

축 늘어진 쏜스케의 품을 뒤져 보니 소지품이라곤 달랑 여권뿐이었다.

'어? 이게 뭐야?'

주소가 미국 아칸소 주 리틀록이다.

이름은 도리안 쏜스케.

'일본계 미국인이었군. 이거 뭐가 한참 잘못된 것 같다.'

퍼뜩 떠오른 건 CIA 요원이 아니면 끄나풀이라는 점이었다.

'쩝. 죽이지 않기를 잘한 건가?'

그렇다 해도 손목이 기형으로 꺾여 다시 쓸 수 있을지 의문이었다.

'뭐, 첩보원의 세계가 원래 그런 것이니 원망하지는 마라.'

이미 저지른 일이라 물릴 수도 없었고, 꾸물거릴 시간도 없었다.

머셔와 위버는 벌써 족히 1백여 미터는 나아갔을 것이다.

'대여섯 시간 기절시켜 놓으면 되겠지.'

담용은 즉시 쑨스케의 머리에 손을 댔다.

뇌의 신경계 기능을 일시적으로 소실시키기 위해 신중하게 나디를 심었다.

이게 꽤나 신경 써야 할 일인 것은, 나디의 양이 많아지면 뇌출혈을 일으킬 수 있기 때문이었다.

'이 정도면 됐어.'

감각이 그렇게 알려 주고 있었다.

이어서 꺾인 손목도 손을 봐 주었다.

'동상에 걸리는 것은 나도 어쩔 수 없다.'

쑨스케의 품에 여권과 권총을 챙겨 넣어 준 담용이 담요로 둘둘 말아 으슥한 구석에 쑨스케를 구겨 넣고는 손을 탁탁 털었다.

'적어도 일을 끝내고 올 때까지 발견되지는 않겠지.'

이어 해안가로 다가간 담용은 재빨리 신발을 벗어 바다로 던지고는 핀을 끼어 신었다.

'후우웁.'

심호흡을 한 담용이 차크라를 운용해 전신에 나디를 덧씌웠다.

연이어 나디를 사이킥 맨틀로 전환시키고는 그걸 확장시켰다.

사이킥 맨틀로 전환시킨 이유는 바닷물이 몸에 닿지 않게 하기 위한 것도 있지만, 주된 이유는 호흡을 원활히 하기 위해서였다.

즉 사이킥 맨틀로 기막을 생성시켜 공기를 호흡할 수 있는 공간을 확보한 것이다.

그러나 이것으로 끝난 것이 아니다.

'이제 확장시켜 압축시키면 되나?'

"후우우우욱!"

다시 한 번 세차게 심호흡을 했다.

전신은 은은히 감싸고 있던 사이킥 맨틀이 조금씩 확장되기 시작했다.

확장되는 영역이 고스란히 느껴졌다.

1미터, 2미터, 3미터, 4미터, 5미터…… 8미터…… 10미터.

'이 정도면 되려나?'

그렇게 반경 10미터쯤 확장됐다 싶은 순간, 나디를 급속히 축소시켰다.

즉 주변의 공기를 급속으로 압축시킨 것이다.

기감을 극도로 끌어올린 담용이 사이킥 맨틀이 점점 압박해 오는 것을 계산했다.

10미터, 9미터, 8미터, 7미터…… 5미터…… 3미터…… 1미터.

'스톱!'

사이킥 맨틀이 담용의 몸을 기준으로 사방 40센티미터 간극을 두고 멈췄다.

찰나, 담용의 신형이 1미터 정도 붕 떴다가 천천히 내려앉았다.

느닷없는 기현상이었지만 담용의 입가에는 미소가 맺혔다.

이전에는 볼 수 없었던 염동 장막이 세밀함까지 더해져 한층 업그레이드된 모양새다.

'좋아, 이 정도 압박이면 충분해.'

기분 좋은 압박이 발바닥을 구름솜을 깔고 있는 양 푹신하게 만들었다.

차크라의 운용에 조금 무리가 가겠지만 이 정도면 2차 각성까지 한 터라 딱 알맞았다.

마치 풍선 안에 있는 기분이었다.

이름하여 나디 풍선.

그럴 것이 담용의 몸뚱이를 제외한 부피 계산이 가로 2미터, 세로 2미터, 높이 2미터로 보면 총 부피가 8백만 세제곱센티미터다.

1,000세제곱센티미터가 1ℓ이니, 8,000ℓ의 공기통이라고 보면 된다.

이 정도의 양이면 15ℓ짜리 공기통 533개가 되는 셈이니, 1킬로미터 거리는 왕복하고도 남을 양이었다.

정상적인 수중 탐사에 쓰이는 15ℓ 공기통이 30분에서 40분을 호흡할 수 있는 양이니, 8,000ℓ를 시간을 환산하면 대략 265시간이다.

뭐, 공기통에 압축된 공기보다야 밀도가 낮고 또 레귤레이터로 공기를 소비하는 양보다 많긴 하겠지만, 넉넉하게 쓸 수 있다는 것이 안심이 됐다.

그렇지만 어떤 일이 발생할지 모르는 미지의 상황이니만치 나디 풍선이 순식간에 해체될 위험성은 항상 내포하고 있어 긴장해야 했다.

더구나 처녀 유영이 아니던가?

어쨌든 담용이 공기통을 준비하지 않은 이유가 바로 여기에 있었던 것이다.

하지만 문제가 없는 것은 아니었다.

바로 공기통 내에서는 핀을 놀려 앞으로 나아갈 수는 없다는 점이었다.

그러니까 핀으로 물장구를 쳐 봐야 버스 안에서 달리기를 하는 셈이라 추진력이 제로라는 것.

'추진력을 얻을 수 있으려나?'

기실 공기로 호흡하는 것만큼이나 중요한 점은 가속도와 더불어 체력을 아낄 수 있다는 점이었다.

그 원리는 묶어 놓은 고무풍선을 풀어 추진력을 얻는 것과 같았다.

공기를 압축시킨 이유도 너무 방만해서는 추진력을 얻기 어려워서였다.

유영 도중에 공기가 모자란다면 수면에 올라와 재충전하면 되는 일이었다.

그것도 호흡을 할 수 있는 얼굴 부위만으로 충분했다.

이 모두가 다분히 실험적인 것이라 장담할 것은 아무것도 없었지만 과감히 감행하려는 담용이었다.

아, 당연한 얘기지만 부력으로 인해 완전히 잠수하기는 어려울 것이다.

담용이 발끝을 모아 해안 끄트머리에 서서 전면을 바라보았다.

휘이잉—!

바람이 점점 더 거세지고 있었다.

그에 따라 눈보라 역시 더 심해졌고, 물결도 한층 거칠어지고 있었다.

그렇지만 나디 풍선으로 전신을 감싸고 있는 담용은 바람 한 점 느낄 수 없을 정도로 안온했다.

뭐랄까? 마치 어미의 자궁 속만큼은 아니더라도 생각했던 것 이상으로 편안했다.

'둥강 앞바다도 나름대로 운치가 있네.'

캄캄한 밤임에도 눈보라 치는 둥강 앞바다가 아름답다는 생각이 들었다.

묘하게 매치되는 어울림의 둥강 앞바다.

적어도 지금은 세상 그 어떤 풍경보다도 운치가 있었다.

하지만 머지않아서 격랑의 몸부림으로 인해 이 운치도 몸살을 앓게 될 것이다.

하지만 오늘의 이 작은 선택이 국면의 판도를 바꿀 수 있다면 담용은 얼마든지 위험한 불길 속으로 뛰어들 용의가 있었다.

특히 중국과 북한 그리고 일본에 관한 일이라면 더 적극적으로 임할 것이다.

비록 동북 3성 중 하나인 랴오닝성의 일에 불과하지만 나비효과는 어디에나 존재하는 것.

담용은 문득 국정원 국가정보전략실이 파악한 내용의 일부를 떠올려 보았다.

―랴오닝성, 지린성, 헤이룽장성 등 동북 3성과 네이멍구

內蒙古 자치구 동부 지역을 관할하는 선양군구의 중요한 임무 가운데 하나는 북한을 도와 미군의 침공을 억제하고 북한과 공동으로 한국군 및 주한 미군과 군사적 균형을 이루는 것이다.

'쯧, 기억 저편에서는 아무것도 몰랐지.'

그저 먹고살기에 급급했던 탓에 중국의 음모는 남의 일이었던 담용이었다.

그런데 능력을 가지게 된 지금은 남의 일이 아닌 그의 일이 되어 버렸다.

애먼 희생자들에게는 미안한 일이었지만, 선양공안국과 119무경사단의 일로 중국 당국은 물론 선양군구를 바쁘게 만든 건 백번 잘한 일이었다.

이제 둥강 앞바다의 무기 밀수 사건만 처리하고 귀국하면 되었다.

지정학적으로 볼 때, 둥강 앞바다는 대한민국의 서해안이기도 해서 세계적으로 초미의 관심 지역인 스폿 라인의 바로 지척에 있는 지점이었다.

스폿 라인.

동부나 중부 전선이 아닌 언제 분쟁이 생겨도 이상하지 않을 한반도의 서부 전선, 즉 서해안을 두고 하는 말이었다.

이른바 세계 3대 분쟁 지역 중 한 곳.

나머지 두 곳은 인도와 파키스탄의 분쟁 지역인 카슈미르와 이스라엘과 아랍이 충돌하는 팔레스타인 해방 지구다.

그러나 잠재된 폭발력을 따진다면 아마 세 곳 중 가장 위험한 지역이 한반도의 서해안이라고 말할 수 있을 것이다.

거기에 엎친 데 덮친 격으로 둥강 앞바다가 무기 밀매의 핫 플레이스라는 사실도 긴장을 더 촉발하고 있지 않은가?

담용은 그런 위험성들을 조금이라도 늦추거나 잠재우고 싶었다.

'흠, 동북공정의 음모는 아직 시간이 많이 남은 셈이니, 필요하다면 언제든 와서 처리해 버리면 될 터.'

두 번씩이나 큰일을 해내고 나니 자신감과 더불어 간담이 조금 커졌다.

그러나 국정원에 대한 불만도 그만큼 커진 상태였다.

그 이유는 현장의 사정을 감안하지 않은 탁상공론적 지령에 문제가 적지 않았기 때문이었다.

'또 한 번 어깃장을 놓더라도 개선할 문제는 반드시 개선하고야 말겠어.'

대한민국 국민이라면 누구라도 알고 있는 문제가 지휘부 가장 꼭대기에 있는 국정원장부터가 첩보 요원 경험이 한 번도 없는 인물이라는 것이다.

'이게 말이야 방구야.'

옛말에 뭘 알아야 면장질이라도 한다고 했다.

첩보에 대해 쥐뿔도 모르는 낙하산 인물을 국정원장에 앉혀 놓으니 요원들만 개고생하고, 심하면 덧없이 목숨을 잃기까지 하는 것이다.

그것도 제 주머니에서 나온 돈도 아닌 국민의 혈세를 펑펑 써 대면서 말이다.

대통령이 자신의 정치적 꼭두각시로 써먹기 위한 것이 아니라면, 국정원은 개선해야 할 점이 한두 가지가 아닐 것으로 짐작됐다.

오죽했으면 정권이 바뀔 때마다 굴욕의 재판정에 서는 첫 번째 타깃이 국정원장이란 말까지 있을까.

이건 국정원장이 대통령의 꼭두각시나 주구 노릇을 한 것이 원인임을 누구라도 다 안다.

진정으로 국가 안위를 1순위로 생각하는 대통령이라면 국정원 수장만큼은 낙하산이 아닌 현장에서 잔뼈가 굵은 인물을 내세워 국가의 안전을 보다 더 강력하게 도모해야 할 것이다.

뭐, 이에 대해 국민들 모두가 가슴에 불을 지피고 살 필요가 있을까만, 담용같이 발끈하는 돌연변이라도 있어야 나라가 돌아가지 않겠는가?

'후훗, 때로는 말보다 행동이 더 먹힐 때도 있는 법이지.'

말발이 먹히려면 둥강 앞바다의 일까지 깔끔하게 끝내야 될 것이다.

'슬슬 출발해 볼까, 후욱!'

짧은 심호흡으로 입수 준비를 마친 담용 잔뜩 웅크렸다가 전신을 쭈욱 폈다.

순간, '퉁' 하고 담용의 신형이 공이 튀듯 날아 물결치는 바다로 다이빙을 했다.

첨벙!

촤아아악!

사람 하나가 다이빙한 것치고는 물살이 엄청났다.

무기 밀거래를 저지하라

기세 좋게 바다로 뛰어들었지만 사이킥 맨틀로 전신을 둘렀음에도 서늘하고도 시린 기운이 전신을 휘감아 오는 기분이었다.

'이런.'

담용의 몸이 기우뚱했다.

3분의 2쯤 잠긴 나디 풍선이 중심을 잡지 못하고 제멋대로 둥둥 떠다니는 느낌이 들어 얼른 균형부터 잡았다.

'이대로라면 표류하기 딱 알맞군.'

재빨리 발바닥으로 나디를 보내 사이킥 맨틀에 감귤 크기만큼 구멍을 뚫었다.

'푸쉬쉬' 하고 바람이 빠지면서 뽀륵거리는 소음이 들려왔다.

그런데 레귤레이터가 뿜어내는 기포보다는 소음이 작았지만 속도가 나지 않았다.

'너무 작게 뚫었나?'

이번에는 나디를 야구공 크기만큼 키웠다. 이는 나디를 감도 조정기식으로 사용할 수 있는 경지에 이르렀기에 가능한 일이었다.

푸르르르…….

속도가 한결 빨라졌다.

츠츠츠츠…….

물살도 빠르게 스쳐 지나갔다.

담용이 가장 먼저 한 일은 몸을 무겁게 만들어 바닥에 바짝 붙는 것이었다.

바닥에 납작 엎드린 담용이 나디를 눈에 심어 안력을 한껏 돋웠다.

동시에 두 가지 초능력이 전개됐다. 바로 멀티플레싱 수법이었다.

공안국 폭발 이후의 2차 각성 덕택에 멀티플랙싱이 가능해진 담용의 초능력은 질적인 면에서도 한층 업그레이드된 상태였다.

그러고도 차크라의 양이 충만하다는 것이 담용으로 하여금 거리낌 없는 자신감을 가지게 했다.

'거리가 얼마나 떨어졌을라나?'

먹물 같은 바다 밑을 훤히 꿰뚫어 보지만 머셔와 위버는 시야에 들어오지 않았다.

'이거 무지 편하네.'

처음 시도해 보는 것이었지만 몸을 놀릴 필요가 없을 정도로 편안했다.

뭐, 나디를 세밀하게 조율하느라 신경을 써야 하긴 했지만 무엇보다 체력을 아낄 수 있어서 좋았다.

'그나저나 거리를 빨리 좁혀야 할 텐데……'

담용은 먼저 속도 계산부터 해 보았다.

'핀으로 나아가는 속도가 일반 수영보다 대략 세 배라고 보면……'

확실히 자신의 속도가 그보다 더 빠른 감이 있었다.

이건 특전사 시절에 경험해 봐서 안다.

촤촤아아아ー!

철썩. 처얼썩.

물결이 점점 거세지면서 파랑이 높아지기 시작했다.

'설마 태풍이 오는 건 아니겠지?'

살짝 우려가 되긴 했지만 시간이 지나도 사이킥 맨틀에 이상이 없자, 자신감이 생긴 담용은 거침없이 나아갔다.

'근데 제대로 쫓아가는 게 맞나?'

확실을 기하기 위해 나침반을 확인하니 다행히 제대로 가고 있었는지 정동 방향을 가리키고 있었다.

풍향계가 있는 지점에서 조류에 몸을 맡기고 가다 보면 무기 밀수 거래가 이루어지는 현장 부근에 도착할 것임을 알려 준 사람이 왕홍재였으니 의심할 여지가 없었다.

담용은 그들을 놓치지 않기 위해 나디를 배가해 시력과 청력에 고루 분배시키고는 속도를 유지했다.

나디 풍선이 조금씩 줄어들고 있었지만 이대로라면 왕복하기에 문제가 없을 듯했다.

하지만 사실 그럴 가능성은 전무했다. C4를 장치하려면 수족이 자유로워야 가능한 일이었으니, 귀환할 때는 나디 풍선을 다시 생성해야 하는 것이다.

어쨌든 그렇게 조금 지루하다 싶게 나아가기를 20여 분이 지났을까?

'오호.'

뭔가 지나간 흔적의 잔재가 느껴졌다.

마침내 머셔와 위버가 레귤레이터를 통해 내뿜은 기포들이 올라와 바로 눈앞에서 사라지는 것이 보였던 것이다.

'거의 따라잡았군.'

컴컴한 바닷속이라 아직은 두 사람의 모습은 보이지 않았지만 곧 시야에 잡힐 것으로 여겨졌다.

한데 많이 이상한 것은 주변을 경계하는 순시선이나 경비선 한 척 보이지 않는다는 점이었다.

'아직 경계선 밖이라는 건가?'

담용은 속도를 좀 더 내 보기로 했다.

추진력을 얻기 위해 야구공 크기의 구멍을 어른 주먹 두 개 크기로 확장시켰다.

푸륵. 푸르르륵.

빨라진 속도가 확연히 느껴졌다.

눈에 나디를 심어 안력을 더 돋우고는 잠시 더 나아갔을 까?

'호오, 저기 있군.'

머셔와 위버가 나란히 앞으로 유영해 나가는 모습이 잡혔 다.

그러나 나디를 담은 담용의 시선에 보이는 그들은 전문적 인 다이버들은 아니었던지 유영하는 동작이 어딘가 모르게 어색했다.

'며칠 동안 집중 훈련을 받았군.'

딱 그렇게밖에 보이지 않는 수준이었다.

'에스퍼들의 능력을 믿고 맡긴 건가?'

에스퍼라고 만능이 아님을 모르지 않을 텐데 그들에게 맡 겼다는 건 CIA에서도 동강 앞바다의 무기 밀거래를 비중 있 게 다루고 있다는 증거였다.

그나저나 저 두 사람에게 맡겨 둬야 할지 살짝 고민이 됐 지만 곧 결정을 했다.

'성공하면 나야 힘들지 않고 좋지.'

부르르르르…….

그래도 끝까지 지켜볼 필요가 있어 구멍을 한껏 좁혀 속도를 낮췄다.

그때, '부앙', '부아앙' 하는 엔진음이 들려왔다.

'엉?'

촉각이 곤두선 담용이 얼른 3분의 1쯤 밖으로 드러난 나디 풍선에 머리를 디밀어 전방을 주시했다.

'경비정?'

그것도 양방향에서 서로 교차하고 있는 두 대의 소형 경비정이었다.

'그러면 그렇지.'

무기 밀거래를 하면서 주변을 무방비 상태로 놔두는 어리석은 짓을 할 턱이 없었다.

담용의 눈이 한껏 좁혀졌다.

'어? 저 녀석…….'

갑판 측면의 난간에서 인민군 하나가 야시경으로 바다를 살피고 있는 모습이 잡혔다.

투명한 나디 풍선이 포착될 확률은 전혀 없었다. 그러나 전혀 영향이 없는 것을 아니었다.

촤촤촤촤…….

처얼썩!

두 대의 경비정이 교차하면서 일으킨 물결의 여파가 담용에게 밀려왔다.

'이런 젠장 할.'

나디를 운용했다지만 공기가 담긴 풍선형이다 보니 물결의 여파에 한없이 떠밀리는 단점이 고스란히 드러났다.

'이거…… 보완해야겠는걸.'

단 한 번도 시험해 본 적이 없었던 터라 부작용이 이는 것이야 각오한 바였지만, 공격과 방어에 취약한 것은 심각한 문제였다.

잠수할 방법을 연구해 볼 필요성이 있음을 절실히 깨달은 담용이 다시금 추진력을 높였다.

'그나저나 저들에게 맡겨야 하나?'

뭐, 힘들이지 않고 목적을 달성할 수 있다면 나쁠 것은 없었다.

'일단 지켜보자.'

나름대로 행동 지침을 결정한 담용은 행여 눈치를 챌세라 속도를 조금 늦췄다.

둥강 앞바다.

한마디로 부산하다고 여길 정도로 크고 작은 선박들이 닻을 내린 채 떠 있었다.

닻을 내린 배는 주로 중대형 선박들이었고, 소형 선박들은 주변을 돌며 경계를 하고 있는 모습이었다.

당연히 엄중한 경계에 따른 서치라이트가 해상을 샅샅이 비추고 있는 광경이다.

무기 밀거래 현장이었지만 대부분 어선으로 보이는 선박들이었고 해군함선 같은 전함 따위는 눈에 띄지 않았다.

보통강호.

선박들 중 가장 날렵한 선박으로, 시속 5노트의 속도로 작업 현장을 가운데 두고 크게 원을 그리며 운항하고 있는 중이었다.

보통강호의 선교 안.

허름한 인민 모자에다 인민복 차림을 한 두 사내가 야시경에서 한시도 눈을 떼지 못한 채 자신이 맡은 지역을 살피고 있었다.

어선의 선장과 부선장으로 가장한 두 사람이었지만 실상은 김강성 대좌와 조동철 상위는 북한 장교의 신분이었다.

당연히 레이더 모니터에서 눈을 떼지 않고 있는 부하 두 명 역시 인민군들인 것은 당연했다.

선교 안은 침묵이 내려앉아 있었고, 두 장교는 물론 부하들 역시 입매를 꾹 다문 것으로 보아 긴장이 역력해 보였다.

김강성의 야시경이 선박 중 가장 큰 선박으로 향했다.

선교에 혁신호라고 적힌 글자가 선명하게 들어왔다.

혁신호에는 거대한 기중기가 선수와 선미에 각각 한 대씩 설치되어 있었고, 나란히 선 선박의 갑판에 적치된 육중한 무게의 나무 상자들을 번갈아 가며 나르고 있는 중이었다.

선박의 선교에는 '푸동호'라고 적혀 있었다.

두 선박의 크기는 엇비슷해서 얼핏 보기에도 5천 톤급 이상의 선박으로 보였다.

'아직은 더 기다려야겠군. 시간이…….'

20시 42분.

'작업을 너무 서두른 건 아닌지 모르겠군.'

기실 자정 이후에나 작업에 들어갈 계획이었지만 중국의 요청으로 인해 앞당겨져 부랴부랴 준비해 작업을 하느라 무리를 하고 있는 중이었다.

그런 와중에 행여 빠진 물품이 있을까 싶어 긴장하지 않을 수 없었다.

물론 김강성의 임무는 경계에 있었지만 노동당의 방침은 연좌제여서 자칫 일이 틀어졌다가는 전원이 매장당하기 십 상이었다.

"후우, 눈이 얼얼해지는구만."

김강성이 야시경을 내리며 눈 주위를 꾹꾹 눌러 댔다.

"대좌 동지, 좀 쉬시라요."

"기래. 조 상위 동무가 수고 좀 하라우."

"걱정하지 마시라요."

"무전병, 혁신호에 연락을 넣으라우."

"옙!"

곧 무전 연락이 닿았는지 버튼 모양의 점멸등에 불이 오
자, 김강성이 전화기를 들었다.

"어, 노철통 상좌, 지금 어더러케 돼 가오?"

상좌는 대좌보다 한 계급 아래였지만 김강성은 함부로 하
대를 못 하고 존대를 했다.

그 이유는 김강성 대좌의 소속이 제2경제위원회의 노동당
중앙위원회의 호위대인데 반해 노철통 상좌는 국방위원회
소속이었기 때문이었다.

즉, 노철통이 소속된 부서가 김강성보다 상위 기관이라는
것.

다시 말해 북한의 군수산업의 최고 기구가 국방위원회이
고 그 산하에 있는 노동당 제2경제위원회는 북한군의 재래
식 무기부터 핵무기에 이르기까지 군수 제품을 계획하거나
생산과 판매 그리고 분배를 관장하는 기관이었다.

고로 실질적인 운영을 국방위원회가 담당하고 있어 소속
장교인 노철통이 직접 참여해 지휘하고 있는 중이었다.

-이제 5분의 1 정도 실었소.

"좀 더 빨리 안 되오?"

-고거이 물품을 확인하는 시간이래 많이 허비돼 놔서

리…… 구운 겟도 다리를 떼고 먹으라잖소?

무슨 일이든 앞과 뒤를 신중히 고려하여 안전하게 행동하라는 뜻이다.

–근데 무스거 걸리는 게 있소?

"아직은 이상 없소. 다만 중국의 동태가 심상치 않아서 빨리 끝냈으면 좋겠소."

–아, 본관도 떨기(지진)가 있었다는 소리는 들었소. 길티만 쾅포쟁이(허풍쟁이)들 말을 어찌 다 믿갔소?

"기래도 떨기일굼(여진)이 있을지도 모르잖소?"

–너무 총졸하지(몹시 조급해함) 마오. 내래 날나리부리지(일하기 싫어하고 빈둥거리다) 않고 자자하게(부지런하게) 할 거이니 너무 걱정 마시라요.

"아무튼…… 좀 서두르우다."

–뭐, 나름 준비를 많이 해 놨으니끼니 수상한 짬수(낌새)가 보일라치문 곧바로 타격해 버리기요.

"그건 걱정 마우다."

–기럼 수고해 주시라요.

철컥.

"크흠."

상관보다 먼저 통화를 끊어 버리는 것이 못마땅했는지 헛기침으로 삭이는 김강성이었다.

그때 헤드셋을 쓴 채, 모니터를 뚫어지게 쳐다보고 있던 하전사가 보고를 해 왔다.

"대좌 동지, 18번 탐망부이에서 이상 신호입네다."

"뭐이라?"

"여길 보십시오."

"……?"

김강성이 모니터를 살피니 두 개의 붉은 점이 서서히 다가오고 있는 것이 보였다.

"18번이면 2백 미터가?"

"예."

"원래 3백 미터 깔지 않았네?"

"파도가 세어서리 잡소리가 많았습네다."

1백 미터는 잡아내지 못해 그냥 통과했다는 얘기.

"기래, 기럴 수 있지. 뭐 같네?"

"머리수화기(헤드폰)에 들리는 것으로는 호흡기에서 뿜어내는 거품 소리 같습네다."

"거품? 확실하네?"

"옛! 확실합네다. 일정한 간격으로 내뿜는 호흡 소리가 틀림없습네다."

"쥐새끼가 숨어든 거로군기래."

"그것도 단단한 쥐새끼 같습네다."

"흥. 간나들이 여길 쥐새끼 꽝 드나들듯 만만한 곳으로 여기는구만기래. 몇 명이네?"

"잡소리가 많아 확실하진 않지만 최소 두 명 이상으로 추정됩네다."

"두 명 이상이라……."

김강성이 어찌 대처할지 잠시 생각에 잠겼다.

그러나 곧 김강성의 입이 귀밑까지 올라갔다.

'쿠쿠쿡.'

월척이 걸려 절로 웃음이 나오는지 김강성의 입에서 비릿한 웃음이 흘러나왔다.

'크큭, 멍청한 놈들.'

기뢰에 탐망부이를 부착해 3백 미터에 걸쳐 깔아 놓고도 긴장의 끈을 놓지 않고 있던 김강성이었다

그렇게 고생한 보람이 있었는지 멋모르고 기어 온 멍청한 쥐새끼들을 어떻게 요리할까 생각하는 것은 즐거움 중 하나였다.

원래 부이buoy는 해상의 기상 상황을 관측하는 장비를 일컫는 용어지만, 군사용으로도 종종 응용해 사용하고 있었다.

이런 경우는 부이를 가장한 기뢰에 탐지 센서를 장착해 적의 침입을 발견한 것이라고 봐야 했다.

또한 바닷가에 흔한 것이 어부들이 쳐 놓은 '그물부이'였으니 의심을 피하기에 탐망부이만 한 것도 없었다.

기실 보통강호는 원래 경비정이었던 배를 퇴함 후 1년여

동안 뚝딱거린 끝에 어선으로 개조한 것이었다.

개조하는 과정에서 소나 돔은 이미 다른 함선으로 옮겼던 터였다.

이는 대잠수함전의 총아라고 할 수 있는 대잠유도어뢰를 보유하지 못한 북한 해군의 실상을 보여 주는 것이기도 했다.

어쨌든 소나 돔을 대신한 것이 바로 탐망부이였다.

빈약한 살림일 수밖에 없는 북한으로서는 대단한 기술력이 필요한 것도, 그렇다고 비용이 비싼 것도 아니면서 그 효과는 물론 위력이 확실한 폭뢰를 전략적으로 상용화하고 있었던 것이다.

궁여지책으로 개발된 것이긴 해도 김강성의 생각에는 북한의 기술력을 감안할 때, 오버 테크놀로지나 다름없었다.

'후훗, 아예 곤죽을 만들어 물고기 밥으로 만들어 주마.'

상상하는 것만으로도 즐거웠던지 김강성의 입이 귀에까지 걸렸다.

"좌표 부르라우."

"넵! 38, 1689. 26, 0743! 더덜기(플러스 마이너스) 2. 이상입네다."

"좋아."

김강성이 전화기를 들고는 소리쳤다.

"박 상사!"

-엡, 대좌 동지!

"적이 침투했다. 함대 전투준비!"

-옛! 함대 전투준비!

"조 중사! 특수부대 대기!"

-현재 대기 중!

"좋아. 다음 김 중사!"

-엡!

"1, 2번 폭뢰발사기 열어!"

-옛! 도달 심도는 올맵네까?

도달 심도는 폭뢰가 터지는 깊이를 말했다.

"심도…… 10미터. 아니, 1번은 15미터, 2번은 20미터로
해."

얼른 말을 바꾼 것은 폭뢰가 폭발하면서 기뢰까지 연폭할
까 저어해 유폭의 사정거리를 감안한 것이었다.

아울러 폭뢰의 폭발 반경이 짧은 것도 이유였다.

-심도 15미터, 20미터.

"발사 준비!"

-발사 준비 끝!

"좌표 38, 1689, 26, 0743, 더덜기 2!"

-좌표 38, 1689, 26, 0743, 더덜기 2! 1, 2번 폭뢰발사
준비 끝!

"발사!"

-발사-!

텅! 터텅! 텅, 터터텅!

보통강호의 선수와 선미에 묵직한 소음이 일더니 하얀 연기가 자욱하게 피어오르는 순간, 폭뢰발사기에서 수십 발의 깡통폭뢰가 발사됐다.

깡통폭뢰는 대형이 아닌 소형으로, 원형 페인트 통 크기였다.

슈슉. 슈슈슉.

수십 발의 폭뢰가 거친 바다로 발사됐다.

풍덩. 풍덩. 풍덩.

너울대는 파도에 잠시 떠 있던 폭뢰는 금세 수면에서 사라졌다.

정적과도 같은 시간이 잠시 이어진다 싶은 순간, 둔중한 폭발음이 연달아 터져 나왔다.

쿵! 쿠쿵! 쿠쿠쿵-!

이어 폭발음과 동시에 곳곳에서 물결이 치솟았다.

때를 같이하여 김강성이 소리쳤다.

"조 중사, 폭발했으니 날래 출동하라우! 포로는 필요 없다."

-옙! 출동합네다. 전원 출동!

출동이란 말이 끝남과 동시에 잠수복 차림의 특수부대원 10여 명이 바다로 빠져들었다.

한편, 머셔와 위버는 비록 대화는 하지 못하지만 몸짓과 손짓으로 서로의 앞뒤 좌우를 살펴 주며 순조롭게 나아가고 있었다.

　고성능 헤드 랜턴에서 뿜어지는 두 개의 빛줄기만이 먹물 같은 해저를 비추는 가운데, 간간이 레귤레이터에서 뿜어지는 기포만이 수중의 고요함을 깨뜨리는 분위기였다.

　부륵. 부르르륵.

　그렇게 부지런히 핀을 놀리며 유영하는 와중에 머셔가 이따금 위버를 쳐다보며 손목을 가리켰다.

　제대로 가고 있는지 나침반을 보란 뜻이었다.

　그럴 때마다 헤드 랜턴으로 나침반을 확인한 위버가 엄지와 검지로 동그라미 만들어 보였다.

　또다시 얼마나 더 나아갔을까?

　갑자기 위버가 멈추면서 주먹을 들어 보이자, 나란히 유영하던 머셔도 황급히 손을 허우적거려 멈춰 섰다.

　위버가 검지와 중지로 V 자를 만들어 마구 흔들면서 신호를 보냈다.

　약속된 2백 미터 거리로 접근했다는 의미였다.

　동시에 이 지점에서에서 레귤레이터를 빼고 무호흡으로 가야 한다는 뜻이기도 했다.

검지와 중지로 원을 만들어 보인 위버가 곧바로 몸을 뒤집어 한 바퀴 돌고는 수직으로 하강했다.

탈출을 위해 공기통을 보관해 두기 위해서였다.

두 사람은 신속하게 움직여 커다란 바위를 가운데 두고 섰다.

이어서 초능력을 발휘하기 위해 호흡을 조절했다.

뽀글. 뽀글. 뽀글.

심호흡으로 인해 기포가 요란한 소리를 내며 피어올랐다.

머셔가 손가락을 하나씩 접어 갔다.

다섯, 넷, 셋, 둘, 하나.

두 사람은 동시이다시피 입에 물고 있던 레귤레이터를 떼어 냈다.

에스퍼가 마음만 먹는다면 호흡을 중단한 상태에서도 최하 30분 정도는 충분히 활동할 수 있기에 머셔와 위버의 안색은 변함이 없었다.

서둘러 공기통이 조류에 휩쓸리지 않도록 바위 틈새에 재빨리 끼워 넣고는 손발을 부지런히 놀려 상승했다.

그러나 두 사람은 얼마 가지 않아서 또다시 멈춰야 했다.

이유는 가느다란 로프 같은 것이 줄줄이 늘어져 물결에 흔들리고 있는 것을 발견했기 때문이었다.

먼저 발견한 머셔가 기겁을 하고는 허우적대자, 위버 역시 덩달아 허둥거렸다.

두 사람은 약속이나 한 듯이 몸을 빙글 돌리며 사방을 살폈다.

눈이 화등잔만 해진 건 당연했다.

늘어져 흐느적대는 로프가 하나둘이 아니었다.

'헛! 뭐, 뭐가 이렇게 많아?'

소나 돔에만 신경을 쓰느라 그제야 로프를 발견하게 된 두 사람은 무척이나 당황한 표정이었다.

두 사람의 시선이 약속이나 한 듯 수면으로 향했다.

'기, 기뢰!'

로프의 용도를 확인한 두 사람은 기겁했다.

수면 위에 둥둥 떠 있는 둥근 물체가 기뢰임을 대번 알아챈 것이다. 플루토 요원으로서 그 정도 상식쯤은 일도 아닌 터였다.

특히나 미국 해군 출신으로 구축함에서 군대 생활을 경험했던 위버는 허옇게 질린 나머지 허둥대고 있는 머셔의 목덜미를 잡아채자마자 황급히 아래로 잠수했다.

수심계에서 눈을 떼지 않은 채 아래로 내려간 위버가 바늘이 15미터를 가리키자 그제야 멈췄다.

그러나 더 이상 시간을 끌 수는 없는 일이라 위버가 수신호로 전방을 가리키더니 앞장섰다.

기뢰는 건드리지만 않으면 안전하다는 것을 알기에 과감하게 움직이는 것이다.

머셔는 위버가 해군 출신임을 믿는지 군말 없이 따랐다.

'제법 머리를 썼군. 근데 잠수로 침투해 올 것도 짐작했을 텐데…….'

이 부분은 제아무리 고도로 훈련된 특수부대라도 해치울 자신이 있었기에 걱정을 하지 않았다.

이는 범인과는 격이 다른 에스퍼였기에 가지는 자신감이었다.

그런데 목적지에서 지척이라 할 수 있는 거리까지 접근했음에도 적의 해군 특수대원이 대항해 오는 징후가 보이지 않았다.

'뭐, 없으며 좋은 거지.'

방해물이 없다고 여긴 위버가 머셔에게 신호를 보내고는 보다 빠르게 움직이기 시작했다.

그때였다.

'풍덩풍덩' 하는 소음이 연거푸 들린다 싶더니, 한 아름은 될 법한 깡통들이 바로 머리맡으로 떨어지는 것이 아닌가?

"……?"

유영하는 와중에 뭔가 싶어 무심코 고개를 든 위버의 머리가 갸우뚱했다.

퍼뜩 떠오른 것은 폭뢰였지만 폭뢰치고는 너무 작았던 것이다.

구축함의 폭뢰는 흔히 드럼통 크기로만 알고 있었던 터라 위버는 순간적으로 헛갈렸다.

하지만 헛갈림도 잠시, 본능적인 위기감에 모골이 송연해 지면서 전신에 소름이 쫙 끼쳐 왔다.

'데, 뎁스 붐depth boom!'

해저 폭발을 떠올리자 절체절명의 위기라고 여긴 위버가 머셔를 감싸듯 안으며 부리나케 핀을 놀려 바닥으로 향했다.

웬만한 중어뢰보다 적재된 폭약의 양이 많은 탓에 폭뢰의 위력과 충격파가 어떠한지 아는 까닭이었다.

설사 크기가 작다고 하더라도 피륙으로 된 몸이 어찌 감당 할 수 있을까?

'빌어먹을.'

위버는 일이 꼬여 버렸다는 생각이 강하게 들었다.

정말 생각지도 못한 난데없는 상황이 아닌가?

'제발. 제발.'

위버는 폭뢰의 크기가 작은 만큼 폭발 반경이 짧기를 기도 하고 또 기도했다.

'빨리빨리.'

뎁스 붐이 언제 일어날지 몰라 심장이 쿵덕거리고 가슴이 조마조마했다.

드디어 그토록 멀게 느껴지던 바닥에 닿았다.

은신할 바위를 찾았지만 하필이면 눈에 보이는 것마다 죄 다 머리통만 한 것밖에 없었다.

어쩔 수 없이 눈과 귀를 닫았다. 수중에서의 폭발에 노출되면 가장 먼저 신체의 오관이 마비되어 버리기 때문이었다.

이는 시냇가에서 물고기를 잡을 때, 바위를 힘껏 내려쳐 기절시키는 것과 같은 이치였다.

그때였다.

펑! 퍼펑! 퍼퍼퍼펑—!

마침내 폭뢰가 연거푸 폭발하면서 붉은 화염이 생겼다가 사라지기를 반복했다.

'헛! 데, 뎁스 붐!'

와릉. 와르르르릉. 슈아아아아—!

폭발에 이어 급속히 생성된 거센 수압이 회오리로 화해 사방팔방으로 뻗쳤다.

한데 그건 1차 폭발에 지나지 않았다.

2차 폭발은 해상에서 일어났다.

쾅! 쾅! 쾅쾅쾅쾅…….

폭뢰가 터짐으로써 기뢰까지 연달아 폭발했다.

'기뢰까지…….'

위버는 자신들이 발각된 것도 의아했지만 CIA가 너무 안이하게 작전을 전개했다는 것을 기뢰가 터지고서야 알았다.

마침내 20미터에 이른 폭뢰가 3차 폭발을 일으켰다.

뺑! 뻐뺑! 뻐뻐뻐뺑—!

보다 가까이서 터진 2차 폭발음은 수중임에도 불구하고

고막을 터뜨리는 꽝음이나 진배없었다.

우릉! 우르르르릉!

그야말로 엄청나고도 강력한 수압이 생성되면서 바닥에 바짝 엎드린 위버와 머셔를 팔방에서 밀쳐 댔다.

'주, 죽었구나.'

플루토의 요원인 위버는 결코 먹을 것이나 밝히는 힘만 센 에스퍼가 아니었다.

피할 곳이라고는 없는 해저, 그것도 무방비 상태라 자신과 머셔가 여기서 고혼이 될 것을 의심하지 않았다.

먼저 다가온 맛보기 수압의 위력이 그럴진대 곧 다가올 본류의 수압 강도가 어떨지는 미루어 짐작할 수 있었기에 그랬다.

위버가 사이킥 맨틀의 위력이 약한 머셔를 꽉 껴안았다.

우릉. 우르릉.

거대한 수압이 소용돌이를 형성하며 하울링을 토해 냈다.

사람 몸뚱이 정도는 난장을 치고도 남을 수압이었다.

그것도 팔방에서 짓쳐 들자, 위버와 머셔가 호흡을 멈추고 있다는 것도 잊은 채 혼신의 힘을 다해 사이킥 맨틀을 전개했다.

하지만 10여 발 폭뢰는 이미 두 사람이 감당하기에는 너무도 강력한 무기로 화해 있었다.

'으으으……'

거대한 프레스로 짓누르는 듯한 압박감에 하마터면 입을
벌릴 뻔했다.

아무리 범인과는 다른 에스퍼일지라도 연방 짓쳐 드는 압
력을 버텨 내는 것에는 한계가 있었다.

'이익!'

'이이익!'

이를 악문 볼따구니가 터질 듯 부풀어 올랐다.

그런 와중에도 서로의 눈이 마주쳤다.

'조금만 참으면 돼.'

서로의 눈빛은 그렇게 말하고 있었다.

두 사람의 몸뚱이는 팔방에서 죄어 오는 강렬한 수압에 갈
대처럼 정신없이 흔들렸고, 급기야 수압의 차이로 인해 몸뚱
이가 꽈배기처럼 배배 꼬이기 시작했다.

그야말로 생사가 달려 있는 결사적인 몸부림의 순간이었
다.

사이킥 맨틀이 아니었으면 진즉에 오관이 문제가 아니라
몸이 터져 버렸을 것이다.

'우우욱.'

마지막 고비인 수압이 지나치는 것이 확연히 느껴졌다.

츄아아아아—!

한차례 폭풍이 지나간 자리처럼 여풍이 뒤를 이었다.

'돼, 됐어.'

바인더북

마지막 여풍의 고비만 넘기면 위기를 넘길 수 있을 것 같았다.

한데 그때다.

난데없이 '쿵' 하고 폭뢰 한 발이 돌연변이처럼 바닥에 닿는 것이 아닌가?

신관 작업 혹은 심도 계산에 착오가 있었는지 폭뢰 두서너 개가 하필이면 위버와 머셔가 있는 바닥으로 떨어진 것이었다.

'헉!'

이제는 살았다 싶어 안도의 한숨을 내쉬려던 위버와 머셔의 심장이 '쿵' 하고 내려앉았다.

그런데 당장이라도 터져야 할 폭뢰에서 반응이 없었다.

'부, 불발탄?'

그런 생각이 들자, 핏기를 잃었던 얼굴에 생기가 돌았다.

불발탄이라도 곁에 있어서 좋을 건 하나도 없었다. 그러지 않아도 숨이 턱에 받친 상태였다. 위버가 머셔의 손을 잡고는 재빨리 수면으로 향했다.

하지만 불행히도 폭뢰는 결코 불발탄이 아니었다.

뻥-! 뻐뻥-!

위버로서는 최선을 다한 것이었지만 부질없는 몸부림이었고, 그것이 두 사람의 생을 결정짓고 말았다.

BINDER
BOOK

쓰나미

쾅! 콰쾅! 쾅쾅쾅쾅…….

'헛! 뭐, 뭐야?'

멀찍이 떨어져 느긋하게 머셔와 위버의 뒤를 따라가고 있던 담용은 갑작스러운 폭음에 놀라 재빨리 추진 구멍을 닫고는 유영을 멈췄다.

느닷없는 폭발음에 가슴 한쪽으로 찬바람이 스쳐 지나가는 기분인 담용은 본능적으로 위기가 닥쳤음을 감지했다.

고개를 들어 보니 해상이 온통 붉은 화염이었다.

'기, 기뢰다!'

머셔와 위버가 발각됐다고 여긴 담용의 판단은 빨랐다.

얼른 무게중심을 아래로 이동시켜 깊이 잠수했다.

수압이 가중될 경우, 나디 풍선이 견디기 어려운 불안은 있었지만, 지금은 폭발의 여파가 미치기 전에 안전지대로 대피해야 했다.

그러나 나디 풍선이 터질 우려가 있어 신경이 곤두섰다.

이치는 이렇다. 잠수함의 경우 내부에 압축이 가능한 공기가 있기 때문에 수용 능력 이상 잠수할 시 파괴될 위험이 있다. 그와 마찬가지로 공기를 압축시켜 만든 나디 풍선 역시 같은 이치인 것이다.

'응? 괜찮은 것 같은데?'

안심이 된 담용은 바닥도 불안하다 싶어 커다란 바위 사이에 몸을 은폐하고는 안력을 한껏 돋워 전면을 주시했다.

그때, 또다시 폭발음이 들려왔다.

쿵, 쿠쿵. 쿵쿵쿵…….

'이건 또 뭐지?'

멀리서 들려오는 것 같은 폭발음은 기뢰와는 조금 달랐다.

'설마?'

수중 폭발이라면 폭뢰밖에 없다는 것을 상기했다.

'하긴 경계도 철저하겠지.'

문제는 발각된 연유가 뭐냐는 것이었다.

담용이 머셔와 위버와 다른 점은 나디 풍선이란 것밖에 없어 원인을 찾는 것은 중요했다.

하지만 갑자기 어지럽게 난무하는 온갖 부산물들로 인해

눈에 들어오는 게 아무것도 없었다.

'이거 위험한데…….'

부산물들의 파편이 폭발음이 일 때마다 거대한 물살에 떠밀려 휘몰려 오고 있어 상당히 위협적이었다.

담용은 일단 피신하기로 했다.

폭발은 그 후로도 10여 번이나 지속됐다.

'대체 얼마나 많은 폭뢰를 투입한 거야?'

귀가 다 먹먹해 왔다. 물속에서의 소리 전달은 육지보다 빠르고 그 영향도 크기 때문이었다.

와릉. 와르르릉.

물살은 성난 해류로 화해 덮쳐왔고, 압박감도 그만큼 중첩되어 증가했다.

특히나 위협적인 것은 해류에 위험천만하게도 크고 작은 돌덩이들이 섞여 있다는 점이었다.

'전쟁터나 작전지는 마치 유생물이나 되는 것처럼 어디로 튈지 아무도 모른다더니 그 말이 꼭 맞군.'

아무리 완벽한 작전일지라도 그것이 성공할 확률이 채 절반을 넘지 않는다는 말이 거기서 기인했다.

우릉. 우르르릉.

해저가 좀 더 거대한 울음을 토했다.

연이어서 차진 소음을 동반한 물살이 휘감아 왔다.

쫘아. 쫘아아아ㅡ!

'제길, 소용돌이라니……'

연쇄 폭발로 형성된 와류渦流의 여파에 나디 풍선이 지진을 만난 듯 마구 요동을 쳐 댔다.

'이러다가 와류에 휩쓸리겠군.'

소용돌이에 휩쓸리지 않으려면 뭐라도 붙잡고 버텨야만 했다.

'되려나?'

나디 풍선 밖으로 손을 내민다고 해서 공기통이 터져 버리지나 않을까 하는 불안은 없다.

이치상으로야 터져야 하는 것이지만, 차크라의 속성이 고무풍선과 같을 수는 없는 일이었다.

'해 보자.'

지금은 과감한 시도가 필요한 시점이라 담용은 즉시 양손에 나디를 덧씌우고는 나디 풍선 밖으로 손을 뻗었다.

동시에 물이 차오를 것에 대비해 심호흡을 하고는 바위의 거친 부분을 꽉 붙잡았다.

한데 양손을 통해 스며들 것이라 여겼던 바닷물의 느낌이 없었다.

이는 나디 풍선이 뚫리지 않았다는 의미였다.

'아, 같은 속성이라서 그런가?'

그게 아니면 설명할 도리가 없었다.

마치 투명한 포대기를 뒤집어쓰고 손을 뻗은 것 같은 기분이었다.

그사이 소용돌이가 담용의 주변을 한바탕 뒤집어 놓고 지나갔다.

'후아, 거리가 멀었기에 다행이지.'

담용은 한동안 쥐 죽은 듯이 웅크려 소용돌이가 진정되고 부산물들이 가라앉기를 기다렸다.

'죽었겠지?'

머셔와 위버의 생사를 스스로에게 묻는 질문이었지만, 별 의미가 없는 물음이었다.

폭뢰는 수중 비접촉 폭발에 의한 원리로 잠수함을 잡는 무기다.

즉, 꼭 잠수함에 닿지 않고 비접촉에 의한 폭발력의 수압만으로도 반 동강을 낼 수 있는 위력을 가졌다는 뜻이다.

하물며 피육으로 된 인간인 바에야 수압에 오관은 물론 몸뚱이가 터져 버렸을 것이 틀림없었다.

'CIA에서 난리가 나겠는걸.'

아무리 세계 초강대국인 미국일지라도 에스퍼란 존재는 그리 흔한 존재가 아니었다.

머셔와 위버를 포함하면 벌써 네 명의 에스퍼를 잃었으니, 타격이 절대 만만치 않을 터였다.

'조심해야겠어.'

담용은 차크라의 나디로 안력을 최대한 돋움과 동시에 동체 시력을 활성화시켰다.

순간, 담용의 눈에서 시퍼런 빛이 일었다가 순식간에 사라졌다.

시야에 들어오는 색채가 바뀌었다. 모든 배경이 온통 옅은 녹색으로 채색된 것만 같았다.

게다가 색채가 너무도 또렷해 사물들이 일목요연하게 들어왔다.

동체 시력을 활성화시킨 이유는 움직이는 사물에 대해 뇌가 반응해 몸에 명령을 내려 행동하도록 시간적 단위 능력을 극대화함으로써 위험 요소를 사전에 발견해 대처하기 위해서였다.

'괜찮군,'

해저는 한바탕 해일 폭풍이 휩쓸고 간 것처럼 엉망이 되어 있었지만, 전진하는 데는 아무런 지장이 없었다.

그러나 담용은 시야를 확보하고도 쉽게 움직이지 못했다.

그때였다.

'엉? 뭐야?'

동체 시력에 먼저 잡힌 것은 무수한 기포들이었다.

마치 어항의 공기 순환기에서 솟아오르는 기포 같았다.

당연히 기포를 내뿜는 자들은 잠수부, 아니 북한의 해군특수전부대원들이었다.

그것도 스무 명 가까이 됐다.

'흠, 당연한 조친가?'

폭뢰 공격 이후, 해군특전대를 보내 상황을 확인하고 살아남은 적군이 있다면 섬멸시킬 목적으로 투입시킨 것이리라.

담용은 그들을 발견한 즉시 바위에 몸을 숨기고는 추진력을 위해 뚫어 놓았던 구멍도 막아 버렸다.

기포로 인해 노출될 것을 방지하기 위해서였다.

'이놈들아, 아무리 찾아봐라.'

해저에서 숨을 쉴 공기가 넉넉하다는 것은 그야말로 엄청난 무기였다.

수초와 작은 돌덩이들이야 폭발에 모두 쓸려 갔지만 몸을 은닉할 만한 바위들은 산재해 있어 문제는 없었다.

'많이도 몰려왔군.'

하기야 침입자가 얼마나 되는지를 알 수 없었을 테니 그럴 만도 했다.

스무 명이나 되는 특수 요원들이 폭발의 흔적이 있는 지점 주위를 한참 동안이나 수색했다.

더러는 배낭이나 공기통 등 여타 수상한 파편들을 전리품으로 수거하기도 했다.

'엥? 저 녀석은 왜 슬금슬금 기어 오는 거야?'

특수 요원 중 한 명이 폭발 지점을 한참 벗어나 있는 담용이 있는 곳으로 엉금엉금 기어 오자, 절로 몸이 움찔한 담용은 눈이 마주치려는 찰나, 얼른 머리를 처박았다.

'그냥 조용히 가라. 응?'

담용 자신도 본 적이 없는 나디 풍선의 투명한 막이 어떻게 상대에게 보일지 알 수 없어 조금 불안하긴 했다.

불안한 이유야 다른 데 있지 않았다.

특수 부대원 스무 명이 아니라 1백 명이 오더라도 두려워할 담용이 아니었지만, 정작 목적을 달성하지 못할까 염려되어 조우하고 싶지 않은 것이다.

다행히 놈은 일행과 너무 떨어졌음을 알았는지 곧 몸을 돌려 멀어져 갔다.

놈이 일행과 합류하고 잠시가 더 지나자 특수 요원들이 철수하기 시작했다.

하지만 특수 요원들이 완전히 사라지고도 움직일 생각을 하지 않고 생각에 잠긴 담용이었다.

'발각된 이유가 뭘까?'

담용이 보기에는 발각될 만한 그 무엇도 없었기 때문이었다.

초고성능 소나 돔을 장착하고 있다손 치더라도 잠수 장비만 지닌 채 잠입하는 자들을 색출해 낼 수는 없었던 것이다.

그렇다고 사람이 엄청난 열을 발생시키는 유도탄처럼 레

이더 열추적기에 노출됐다는 것은 더더욱 말이 안 된다.

설사 가능하다 해도 해저는 체온마저 떨어뜨리는 차가운 곳이 아닌가?

'북한만이 지닌 기술력으로 개발해 낸 레이더나 소나가 있단 말인데…….'

고민이 길어지자 담용은 더 지체할 수 없다는 마음에 움직이기 시작했다.

발각된 원인을 찾지는 못했지만 시간이 걸리더라도 은밀히 움직일 필요가 있었다.

그래서 추진 구멍을 이용하기보다 비록 조금 더디더라도 헤엄을 치거나 바닥을 기어가기로 한 것이다.

지금 당장은 원인을 알 수 없으니 기포음이나 물살을 헤치는 소리를 내지 않는 것만이 최선이었다.

'시간은 충분해.'

머셔와 위버의 일로 둥강의 해안 경비가 삼엄해지긴 하겠지만 그건 나중의 일이었다.

'그래, 나도 결코 쉬우리라고는 생각하지 않았어.'

그렇게 담용은 부지런히 손을 놀려 기어갔다.

비록 속도는 늦었지만 아직까지 안전하다는 것이 중요했다.

잠시 후, 담용은 머셔와 위버가 당한 곳에 당도했다.

'고인의 명복을 빕니다. 부디 영면하기를…….'

먼 이국까지 와서 젊은 목숨을 잃다니 왠지 애잔했다.

그 어떤 목숨이 아깝지 않겠냐만 백만 명에 한 명 있을까 말까 한 에스퍼들이란 점이 더 안타까운 담용이었다.

미국.

한국의 입장에서 역사적으로 보면 고마운 나라라는 건 그 누구도 부인하지 못할 것이다.

여러 가지 문제점이 없는 것은 아니지만, 거시적으로 생각해 보면 무게 추가 그렇게 기운다.

그런 탓에 잠시 멈춰 서 두 사람의 명복을 빌어 준 담용이 다시 출발했다.

담용이 두 사람이 사망한 지점을 통과할 즈음, 보통강호의 선주(?)인 김강성 대좌는 특수 요원들이 건져 온 전리품들을 살피면서 파안대소를 하고 있었다.

전리품 중 상반신만 남은 자의 머리카락이 노란색이었던 것이 김강성으로 하여금 웃음을 참을 수 없게 했던 것이다.

북한이 그토록 붙잡고 싶어 하고 불구대천의 원수로 여기는 미국인이었기 때문이었다.

그야말로 영웅 칭호를 받을 수 있는 엄청난 전과가 아닐 수 없어 파안대소로 흥분되는 기분을 만끽하는 참이었다.

흥분이 가시지 않은 김강성은 그 즉시 무전병에게 전과에 대한 보고를 하게 하는 적극성을 보였다.

그러거나 말거나 담용이 올려다본 해수면은 기뢰 천지였다.

'놈들이 단단히 대비하고 있었군.'

그런데 조금 이상한 점이 있었다.

'웬 줄을 저리 길게 늘어뜨려 놨지?'

기뢰는 본시 기뢰끼리 연결해 놓아 멋대로 부유하는 것을 막기 위해 끈으로 고정시키는 것이 맞지만 조금 길다 싶은 노끈이 매달려 있는 것은 많이 의아했다.

더구나 노끈 끄트머리에 테니스 공 크기의 구求가 추처럼 대롱대롱 매달려 있기까지 했다.

'혹시……?'

감시 카메라인가 싶어 자세히 살피니 렌즈가 부착된 것 같지는 않아 안심이 됐다.

그 대신 마이크처럼 작은 구멍이 수없이 뚫려 있음을 알 수 있었다.

'소나?'

담용으로서는 처음 대하는 물체였지만 작은 구멍이 소리를 감지하는 소나인 것 같다는 생각이 들어 더더욱 조심해서 전진했다.

머셔와 위버의 희생이 거기서 기인한 것 같았다.

'소리라면 기포밖에 없었을 텐데…….'

사실 레귤레이터에서 뿜어지는 기포음이 의외로 크긴 해

서 그것이 원인이었지 싶었다.

'추진 구멍을 막길 잘했군.'

조심해야겠다는 마음이 더 강해지다 보니 속도는 더 느려졌다.

불쑥 괴물이라도 튀어나올 것 같은 해저의 고요함.

사방이 불안감과 긴장감으로 짙게 깔린 분위기.

담용 혼자라는 사실.

이 모든 것이 합쳐지니 어째 정수리가 찌릿찌릿해지는 기분이었다.

'얼마 안 남았어.'

갈수록 둥강과 신의주 한가운데라 그런지 수심은 더 깊었고, 물살도 더 거세졌다.

그렇게 10여 분을 더 나아가자, 기뢰는 더 이상 보이지 않았다.

'제 놈들 텃밭에다 기뢰를 뿌려 놓을 수는 없겠지.'

부지런히 손을 놀린 보람이 있었는지 선박들의 밑창이 눈에 들어오기 시작했다.

'꽤 큰데?'

적어도 5천 톤 내외는 될 법한 크기의 선박도 있었다.

'일단 저놈부터……'

지휘선일 확률이 농후했기에 첫 번째 목표물로 정했다.

타깃을 정한 담용이 손을 밖으로 뻗어 부지런히 놀렸다.

'소나 돔까지 있는 걸로 보아 함선으로 사용했던 거로 군.'

선수 아래에 불룩 튀어나온 원형 돔이 바로 소나 돔이었 다.

'구축함으로서는 조금 작은가?'

폭뢰가 구축함의 전용 무기라 그렇게 예측이 됐다.

턱.

마침내 선박 아래에 도착한 담용이 나디 풍선을 해제하고 는 수면으로 떠올랐다.

'푸우–!'

˙선체에 바짝 붙어 위를 살피니 경계병은 보이지 않았다.

어차피 목을 빼고 살피지 않는 바에야 발각이 될 일도 없 었다.

전과에 취한 놈들이라 그런지 경계를 게을리하고 있을지 도 몰랐다.

하지만 소형 선박들이 나돌아 다니고 있어 주의는 해야 했 다.

'시끄럽네.'

슬쩍 돌아보니 크레인이 내는 소음이었다.

한창 박스형 물건을 옮기고 있는 중이어서인지 악을 쓰는 목소리까지 섞여 들려왔다.

하지만 꾸물거릴 여지는 없었다.

'시간이…….'

시계를 보니 21시 08분이었다.

'의외로 많이 걸렸군.'

타이머를 맞추는 시간이 중요했기에 C4를 부착할 선박을 골라야 했다.

안력을 돋워 굵직한 선박들 위주로 살펴보았다.

공교롭게도 작업을 하느라 그런지 한눈에 다 들어오도록 몰려 있었다.

'천봉호, 강룡호, 혁신호…….'

모두 북한 선박이었다.

맞은편에는 푸둥호, 진타이호, 칭텅호란 이름이 적힌 중국 배였다.

여섯 척 모두 한창 작업 중이었다.

'그리고 이놈.'

첫 번째 타깃인 가장 큰 선박의 이름은 워낙 높아 확인이 되지 않았다.

'이 정도면 됐어.'

일부러 대장 선박과 작업 중인 선박들만 고른 것은 C4의 양이 턱없이 모자랄 것 같아서였다.

'소나 지역만 빠져나가면…….'

속도를 낼 수 있다는 계산에 타이머를 1시간 후로 결정했다.

바인더북

이는 놈들의 작업이 언제 끝날지 알 수 없었기에 되도록이면 빠른 시간에 해치울 필요가 있어서였다.

하지만 C4를 설치하는 시간이 20분 정도 소요되는 터라 탈출 시간이라야 고작 40분밖에 되지 않았다.

담용의 손놀림이 빨라졌다.

비록 모형이지만 특전사 시절 수도 없이 반복했던 폭발물 설치 작업이었다.

C4는 이미 부착만 하면 되도록 조립이 끝난 상태였고 타이머만 맞추면 되었다.

척.

시간을 확인하니 21시 16분이다.

끼릭.

정확히 1시간 후인 22시 16분에 맞췄다.

선수에 C4를 부착하고 타이머를 돌리는 작업은 지극히 간단했다.

다음은 몸통 쪽 그다음은 선미, 그렇게 세 대를 장착했다.

그것도 한쪽으로만 장착한 것은 침몰이 목적이어서였다.

애초에 C4의 양이 턱없이 부족했던 탓에 완파는 기대도 하지 않았다.

뭐, 구축함 용도로 썼던 선박이라 C4가 통할지 말지는 담용도 자신할 수는 없어 조금 많은 양을 할애하긴 했다.

'3분 걸렸어.'

수시로 시간을 확인해야만 하는 것은 탈출 시간을 고려한 때문이었다.

그렇게 부지런히 움직인 덕택에 모두 일곱 척에 C4의 장착이 끝났다.

소요된 시간은 18분이었다.

고로 탈출할 시간은 42분이 남은 셈이 됐다.

그 즉시 차크라를 운용해 나디 풍선을 생성시켰다.

한 번 경험했던 터라 두 번째 생성은 한결 쉬웠다.

'가자.'

담용이 잠수에 들어갔다.

잠시 후, 소나 지역을 무사히 지난 담용이 확인한 시간은 21시 42분이었다.

'이크, 이러다가 큰일 나겠군.'

시간이 생각했던 것보다 많이 소요됐다.

담용이 우려하는 점은 선박에 폭탄이 적재되어 있을 경우였다.

당연히 존재하겠지만 그 양이 얼마나 되는지 혹은 폭발력의 강도가 얼마냐 하는 것이 관건이었다.

그렇게 생각하자 갑자기 불안감이 엄습했다.

'빨리 벗어나야겠어.'

나디의 구멍을 먹는 배 크기만큼 키워 추진력을 올렸다.

푸르륵. 푸르르륵. 슈우우우.

공기가 급속도로 빠져나가면서 속도가 생각보다 빨라졌다.

그러나 마음이 급해진 담용에게는 한없이 느리게만 느껴졌다.

올 때의 속도가 네발로 기었다면 지금은 네발로 뛰는 격이었다. 즉, 속도감만 느끼는 것이지 실제의 속도는 크게 차이나지 않는다는 것.

하지만 어쩔 수 없었다. 구멍을 더 키운다고 해서 속도가 더 빨라지는 것도 아니었으니까.

슈슈슈우우우.

속도가 빨라진 만큼 공기가 빠져나가는 양도 많아지다 보니 나디 풍선의 크기가 한층 빨리 줄어들고 있었다.

현재 시각 21시 56분.

'절반쯤 왔나?'

초조했지만 일부러 여유를 가지기 위해 엉뚱한 생각을 했다.

'이거 자주 써먹어야겠는걸.'

정말이지 보다 효율적이 방법을 강구할 필요가 있었다.

만약 8,000ℓ보다 더 많은 양의 공기를 압축시킬 수 있다면, 제주도 정도는 충분히 갈 수 있을 것 같았다.

'한강에서 연습 좀 해 봐야겠어.'

스스로 생각하기에도 기발한 착상이었다.

입가에 희미한 미소를 자아내던 담용이 재차 시간을 확인했다.

22시 09분.

이제 폭발 시간까지 7분 남았다.

'거의 다 온 건가?'

아마도 3백 미터 내외 정도 남았을 것이다.

그렇게 2백 미터쯤 더 왔을까?

22시 16분이 됐다.

'다 됐군.'

때마침 나디 풍선도 그 용도를 다해 담용이 수면으로 떠올랐다.

때를 같이하여 천지가 떠나갈 듯한 굉음이 일었다.

쾅! 콰쾅! 쾅쾅쾅!

번쩍! 버언쩍!

수차례 섬광이 작렬하면서 찰나지간에 사위가 밝아졌다.

콰아아아앙! 쿠콰콰콰콰쾅-!

'헉!'

유폭이 됐는지 C4의 역량을 수천 배나 능가하는 폭발음이 천지를 진동시켰다.

동시에 하늘 높이 치솟는 뾰족한 불길.

산산조각 난 불덩이 파편들.

그리고 이내 산산이 흩어지면서 불꽃놀이로 화해 바다로 떨어지고 있었다.

하지만 그것이 끝이 아니었다.

쿠콰쾅! 콰콰쾅! 쾅쾅쾅!

유폭이 연달아 일어나고 있었다.

아니, 이번에는 조금 전보다 폭발이 더 컸다.

휘이이이익─!

휘파람 소리가 아니었다.

유탄인지 파편인지 날카로운 파공음을 동반한 채, 꼬리가 긴 불덩이를 달고 사방으로 치닫고 있었다.

휘이익! 휘이이이익! 펑펑. 퍼퍼펑!

담용이 있는 근처까지 파편, 아니 유탄이 날아들어 연쇄 폭발을 일으켰다.

'이크, 여기까지? 이놈들이 대체 뭘 실은 거야?'

핵폭탄이라도 실렸나 싶을 정도의 폭발력은 어마어마한 광경을 연출하고 있었다.

그런데 차가운 삭풍이 불던 바닷가가 어느 순간 갑자기 뜨뜻해진 기분이었다.

'헐, 열기가 여기까지…….'

담용이 입을 쩍 벌리고 있는 사이 바닷물이 점점 줄어드는 기현상이 벌어졌다.

'엉?'

기분이 이상하다고 느끼는 순간, 발이 바닥에 닿았다.

방금까지도 부지런히 발을 굴려 떠 있느라 애쓰던 중이었는데 그새 얕아지다니.

'어라?'

이제는 허리까지 드러났다.

"이, 이게 뭐야?"

너무도 놀란 나머지 자신도 모르게 목소리가 튀어나왔다.

'벌써 썰물 때라고? 그럴 리가?'

새벽이나 돼야 물이 빠질 텐데 자정도 지나지 않아 이런 현상이 나타난다면 말이 안 된다.

이제는 갯벌이 훤히 나타나는 것도 모자라 바닷물이 빠르게 멀어지고 있었다.

찰나, 뇌리에 전구가 켜지듯 퍼뜩 떠오르는 것이 있었다.

'헛!'

바로 쓰나미가 오기 직전의 징조였다.

"이런! 제엔장 할."

아울러 떠오른 것은 연이은 폭발의 위력으로 지각변동까지는 아니더라도 해저에 거대한 파동이 발생했을 것이란 점이다.

더하여 상상을 초월하는 물기둥들도 한몫했으리라.

뭐, 지진으로 인해 발생하는 쓰나미의 규모는 아닐지라도 이 정도로 물이 빠진다면 인명 피해가 발생할지도 몰랐다.

그리고 수심이 얕은 데다 둥강과 신의주 간의 거리가 짧다는 것도 원인일 것이다.

'하! 이, 이게…….'

고작 선박 여섯 채를 폭파시키려 했던 일이 쓰나미까지 유발했다니, 이해는커녕 상상도 가지 않았다.

'아차. 이, 이러고 있을 때가 아니지.'

얼른 벗어나려고 움직였지만 발이 빠지지 않았다.

'이런…….'

바닷물이라는 부력을 상실하다 보니 이미 무릎까지 갯벌에 푹 빠져 있었던 것이다.

'별게 다 속을 썩이는군.'

푹푹 빠지는 갯벌 위를 달리려면 발부터 가볍게 해야 했기에 재빨리 나디를 하체에 집중시키고는 발부터 뺐다.

꾸물거릴 시간이 없는 지금 무조건 달리는 것만이 전부였다.

콰콰쾅! 콰콰콰콰쾅!

유폭은 계속해서 일어났고, 그럴 때마다 사위는 대낮같이 밝아졌다가 잦아들었다.

풍향계가 있는 곳을 향해 죽어라고 달리던 담용은 캄캄한 바다를 자신만이 역류하며 나아가는 기분이었다.

'이런, 사람들이 나왔어.'

하기야 느닷없이 꽝음이 들려왔으니 호기심으로라도 나와

볼 것임은 자명한 일.

단지 아직은 숫자가 그리 많지 않다는 것뿐.

다행히 해안가로 올라섰어도 폭발을 쳐다보느라 담용을 신경 쓰는 사람은 없었다.

풍향계가 있는 곳에 도착한 담용은 사람들이 폭발에 정신이 팔린 틈을 타 슬쩍 끼어들었다가 눈치껏 골목으로 접어들었다.

'헉헉헉…….'

어지간히 지쳤는지 두 손을 무릎에 얹고는 연방 가쁜 숨을 몰아쉬었다.

쉽게 지치지 않는 담용이었지만 체력보다 마음이 더 바빴던 터라 숨이 턱에 받친 상태였다.

그러나 먼 타국에서 사신을 맞이하고 싶지는 않았다.

잠시라도 지체할 상황이 아니었지만 사람들에게 경고해 줄 필요가 있었다.

피해가 있든 없든 그것은 중요하지 않았다.

'알려야 줘야 해.'

이건 모든 걸 떠나 도의적인 문제였다.

담용은 골목에 숨은 채 있는 대로 고함을 질렀다.

"쓰나미가 몰려온다! 모두 피하세요-!"

그러고는 오토바이가 있는 곳을 향해 냅다 달리면서 계속해서 소리쳤다.

"쓰나미가 온다! 어서 피하시오!"

그렇게 몇 번을 소리치고서야 오토바이가 있는 곳에 도착했지만, 으레 그렇듯 사람들은 뉘 집 개가 짖느냐는 듯 꿈쩍도 하지 않고 있었다.

별 시답잖은 소릴 하고 있냐는 무심한 표정들이다.

'빌어먹을……'

낙심했지만 담용은 자신이 저지르는 일마다 왜 이딴 재앙을 몰고 오는 건지 도통 이해가 가지 않았다.

아마도 목적했던 것보다 숨어 있는 무언가로 인해 의외의 결과로 나타난 것이 아닌가 싶었다.

어쨌든 그 모든 것이 자신의 잘못인 것만 같아 죄책감이 확 밀려왔다.

하지만 이미 저지른 일이니 어쩔 것인가?

사람들에게 무릎을 꿇고 석고대죄를 한다고 해서 달라질 것은 아무것도 없었다.

'썩을……'

모질게 마음을 다잡고는 열쇠를 꽂고 스로틀을 당겼다.

흠뻑 젖은 옷을 갈아입을 시간도 없었다.

'일단 살고 보자.'

부릉. 부르릉.

담용은 오토바이로 내달리면서 마지막 경고를 해 주기로 마음먹고는 그대로 출발했다.

부아아아앙-!

"쓰나미 경보요! 모두 피하시오! 해일이 몰려오고 있소! 모두 대피하시오!"

차크라까지 운용해 고함을 질러 대자 그제야 사람들이 조금씩 반응을 보였다.

그런데 신속하게 움직여도 모자랄 판에 웅성대거나 꾸물대기만 하니 담용은 속이 새까맣게 탈 지경이었다.

'젠장. 만만디가 사람 피를 말리게 하는군.'

담용은 더 이상 자신이 할 수 있는 일이 없다고 여겼다.

'어쩔 수 없지 뭐.'

여기가 무덤이라면 그것도 자신들의 운명인 거지.

부아아아아앙-!

담용이 농로 같은 좁은 도로에 접어들었을 때다.

갑자기 '쿠르릉' 하는 심상치 않은 하울링이 들려오자 담용의 시선이 그쪽으로 향했다.

"……?"

'저, 저거…….'

구경 나온 사람들은 밤하늘의 불꽃놀이에 정신이 팔려 막용솟음치려는 동산만 한 파도를 보지 못하고 있었다.

하지만 담용의 눈에는 확연하게 보였다.

마치 태고의 바다가 처음으로 파도를 세상에 내놓는 것만 같다.

바인더북

장관이었지만 지금은 감탄보다 공포가 먼저 자리를 잡았다.

'하! 정말로 쓰나미라니!'

규모로 보아 둥강시의 허술한 건물 정도는 가볍게 집어삼킬만 한 파도로 보였다.

한껏 돋운 안력에 선명한 영상처럼 잡힌 성난 파도의 모습에 지은 죄가 있는 담용은 저도 모르게 몸서리를 쳤다.

'아놔……'

얼핏 봐도 사람 몸뚱이 정도는 단숨에 쓸어버릴 기세였다.

아니, 맞은편에 있는 신의주도 피해가 막심할 것은 당연했다.

쿠르르르르…….

허름한 건물 정도는 단박에 삼키고도 남을 위력의 쓰나미가 마침내 그 위용을 드러내더니 거침없이 몰려오기 시작했다.

바닷가에 있던 사람들은 그제야 위험하다는 것을 깨달았는지 허둥대기 시작했다.

'쯧, 테트라포트가 설치되어 있었다면 피해가 덜할 텐데…….'

어차피 경고할 때부터 늦었다 싶긴 했지만 그래도 2층 건물에 올라선다면 무사할 것 같아 보였다.

당연히 그렇게 되기를 원하는 바람이고 기도일 뿐이었다.

부아아앙–!

스로틀을 있는 대로 당긴 담용이 상체를 바짝 숙였다.

등 뒤로 빠르게 접근해 오는 쓰나미의 속도를 감안하면 미리 거리를 벌려 놔야 했다.

'제기랄. 저번에는 대폭발에 쫓기고 이번에는 쓰나미에 쫓기다니.'

어째 저지르는 일마다 대형 사고의 연속이다.

전생, 아니 전전생에 나라를 말아먹은 정도가 아니라 세계를 통째로 말아먹지 않고서야 이런 재앙이 일어날 리가 없었다.

'뭐, 현실은 냉혹한 법이니 어쩔 수 없는 건가?'

인명 피해가 없었으면 하는 마음이 간절했다.

담용은 그렇게 억지스럽게라도 자위하지 않으면 견디지 못할 것 같았다.

'아차차! 왕 요원.'

위급한 상황이 목전에 다가오고 있었지만 피하라는 연락은 해 줘야 했다.

오토바이를 잠시 멈춘 담용이 리어박스를 열어 옷을 뒤졌다.

'있구나.'

휴대폰이었다.

현지 첩보원이라면 임무에 특파된 요원에게 어디서든 연락할 수 있도록 대포폰 같은 연락 수단을 갖춰 주는 것은 기본에 속했다.

그 즉시 다시 스로틀을 당기며 0번을 길게 눌렀다.

―왕홍차이요.

"지금 쓰나미가 몰려오고 있으니 빨리 피하십시오."

―에엑! 쓰, 쓰나미라고요? 그 정도의 폭발이었단 말이오?

"예. 저도 의외이긴 합니다만…… 아무튼 속히 피하십시오."

―허참, 아무래도 우리가 모르는 폭발물이 있었던 것 같소. 그렇지 않고서야…….

"그럼 저는 이만……."

―아, 잠깐만!

"예?"

―아무래도 안심이 안 되오. 때마침 나도 오토바이를 타고 있으니 합류해야겠소.

"그럴 필요가……?"

―아니오. 반드시 그렇게 해야 하오. 내가 그쪽으로 갈 테니 농로를 빠져나오는 길목에서 만납시다. 혹시 길이 어긋날지도 모르니 휴대폰을 끊지 마시오.

"그러죠."

-이상하게 생각할 것 없소. 지금 대련항으로 가 봐야 배편이 없을 거요. 배를 기다리는 동안 만에 하나를 위해 알리바이를 만들어 놓아야 되지 않겠소? 공안이 보기보단 허술하지 않아서 말이오.

　담용은 그 말의 의미를 단박에 알아챘다.

　"아, 배웅을 해 주려는 거군요."

　-맞소. 대충 수습이 되면 공안과 무경이 철저하게 조사를 할 거요. 여태 그래 왔으니 틀림없소. 더군다나 외부에서 누군가 방문했다면 조사 대상 1순위가 될 테니 알리바이는 반드시 필요하오.

　"......!"

　담용이 말이 없자, 왕훙재가 말을 이었다.

　-때마침 위험한 상황이 벌어졌으니 이유를 대기에는 그만이오. 조카를 빨리 내보려려고 산동에 가는 걸 포기했다고 하면 되니 말이오. 항만 노동자 친구들에게도 말해 놓긴 했지만 중도에서 포기했다고 하면 되오.

　"이해했습니다."

　-근데 쓰나미의 규모가 얼마나 되오?

　"항구에 닻을 내린 선박과 해안가 건물에 피해를 입힐 만큼은 될 것 같습니다."

　-헐! 둥강시가 물에 잠기겠구려. 지금 어디쯤이오?

　"아, 이제 농로가 보입니다."

-나도 다 와 가오.

"쓰나미가 더 가까워져서 속도를 더 내야겠습니다."

BINDER
BOOK

괜히 바인더북을 펼쳤네

담용의 집.

덜컹.

타다다다…….

"큰누나, 큰누나!"

대문을 열자마자 마당을 내달리며 담민이 호들갑스럽게 떠들어 댔다.

덜컥.

"쉿. 쉿."

기다렸다는 현관문을 연 혜린이 담민이 더 떠들어 댈까 싶어 다급히 검지를 입술에 대며 사나운 눈총을 쏘아 댔다.

"큰형님은…… 오셨어?"

담민이 속삭이듯 물었다.

"그래, 지금 주무시니까 조용히 해."

"내가 받은 트로피는 보셨어?"

"아직. 오자마자 곯아떨어졌거든."

"에이 참."

한껏 기대했던 표정의 담민이 금세 시무룩해졌다.

"호홋, 그렇게 자랑하고 싶어?"

"그럼, 처음으로 일등을 했는데……."

"좋아하실 거야. 얼른 씻기나 해."

"작은누나는 가게에 있지?"

"응, 깨면 연락해 주기로 했어."

"형수님은 안 와?"

"할아버지 댁에서 저녁 식사를 같이 하기로 했으니 올 거야."

"그럼 난 작은누나 가게에 갔다 올게."

"그럴래? 잘됐다. 고모도 할아버지 댁으로 오시라고 해. 그리고 작은누나한테 할아버지, 할머니 드리게 빵하고 과자 좀 달래서 가져오고."

"히힛, 알았어."

담용은 막내 담민이가 떠드는 소리에 잠에서 깼다.

"끄응, 담민이 녀석이 왔나 보군."

잠에서 깼지만 노곤함이 풀리지 않았는지 몸이 물 먹은 솜처럼 무거웠다. 그런 탓에 눈만 뜬 상태다.

'컨디션이 최악인 것 같은데?'

꿈도 꾸지 않고 푹 잔 것 같은데 컨디션이 영 별로였다.

개운치 않은 몸 상태도 실로 오랜만인 것 같아 어색한 감이 없지 않았다.

'얼마나 잔 거야?'

벽시계를 확인하니 오후 5시가 다 되어 가고 있었다.

'헐.'

낮잠치고는 너무 긴 시간이었다.

'정신없이 잤구나.'

16시간의 항해 끝에 연안부두에 당도했다.

당도하자마자 혜린이에게 먼저 연락하고는 집에 도착한 시간이 오전 9시경.

부랴부랴 준비한 아침 식사를 권하는 혜린이를 가볍게 안아 주고는 대충 씻은 뒤 침상에 몸을 내던진 것까지 기억이 났다.

'후우, 정말 집에 왔구나.'

정말이지 돌아온 것이 꿈만 같았다.

중국에서의 지난 열흘은 쉴 새 없이 바빴던 기억밖에 없는 것 같았다.

'도대체 몇 가지야?'

이제 안전지대인 데다 한가한 시간이 되다 보니 그제야 담용은 자신이 뭔 짓을 저질렀는지 곰곰이 돌이켜 보았다.

첫 번째가 김민철이 관리하던 삼지연교역의 직원들을 처치하고 그들이 모아 놓은 자금과 금괴를 강탈한 일이었다.

두 번째는 족제비 사냥으로 그동안 탈북자들을 잔인하게 죽여 왔던 이상철의 목숨을 거둔 일이다.

세 번째는 선양공안국을 폭파한 일로서, 이는 탈북자들의 용이한 탈출을 위해 공안들의 시선을 돌리기 위한 일환으로 벌린 일이었다.

'하마터면 목숨을 잃을 뻔했지.'

뤄시양이 아니었다면 정말로 이 세상을 하직했을지도 몰랐다.

이 일로 선양은 지금까지도 어수선한 상태가 계속되고 있는 중이었다.

다시 생각해 봐도 몸서리쳐지는 일이었지만 간이 배 밖으로 나왔는지 쉴 틈도 없이 119무경사단으로 잠입해 들어간 것이 네 번째 일이었다.

둥강 앞바다의 무기 밀거래를 막기 위한 목적으로 C4를 비롯한 장비를 얻기 위해 잠입한 것이었지만, 결과는 대재앙으로 이어졌다.

'무기고에는 범용 폭탄과 유도탄 같은 미사일밖에 없었

어.'

그런 무기로는 그만한 폭발이 일어날 리가 없다는 것은 담용도 알았다.

결론은 119사단 내에 대재앙을 방불케 하는 폭발물이 존재했다고 보면 정확했다.

'필시 RS-24MIRV 때문일 거야.'

지휘소 앞 창고 건물 내 은색 하드 케이스에 들어 있던 러시아제 물품.

미사일 계통의 무기라 추측되지만 정확한 용도가 뭔지는 알 수 없다.

담용은 문득 하드 케이스에 달려 있던 태그를 떼어 온 것이 떠올랐다.

'그래, 태그를 국정원에 보여 주면 정확한 걸 알 수 있겠지.'

아직 국정원에 임무 보고는커녕 귀국했다는 정식 보고조차도 하지 않은 상태였다.

다섯 번째가 둥강 앞바다의 밀거래 선박들을 폭침시킨 일이었다.

'이건 좀 문제가 되겠군.'

문제란 다름이 아니었다. 담용이 해낸 일이었지만 CIA의 생각은 다를 것으로 예상이 된다는 것.

즉 머셔와 위버가 해낸 것으로 말이다.

물론 드러내서는 안 되는 일이긴 하나, 한국 측에 그런 사실이 있었다는 통보를 해 올 것이 분명했다.

빚을 하나 지우는 셈이니 그냥 넘어가지는 않을 것이다.

'흠. 뭐, 성공 여부를 떠나 장렬하게 전사한 건 사실이니까.'

첩보원들의 흑역사가 으레 그래 왔던 것처럼 진실은 위장된 사실로 인식되어 조용히 덮이고 또 그렇게 묻히기 마련이니 CIA로서는 명분을 그런 식으로 쌓을 것이 빤했다.

어쨌거나 불과 열흘 남짓한 시간에 많은 일을 해냈다.

그런데 뿌듯하다기보다 찜찜하다는 것이 솔직한 심정이었다.

이는 적지 않은 인명의 희생이 따랐다는 데서 기인했다.

하지만 이미 지나간 일. 좋은 일도 아닌데 곱씹을 필요는 없다.

'쩝, 내일도 바쁘겠는걸.'

할 일이 대추나무 연 걸리듯 걸려 있어 잠시도 쉴 틈이 없었다.

'참, 그러고 보니…….'

불현듯 떠오르는 게 있었다.

'복지관에 돈이 필요하다고 했었지.'

이틀에 걸쳐 안성댁의 췌장암을 치료할 때, 투청력을 이용해 들었던 혜린이와 도원의 통화 내용에서 알게 되었던 사실이 이제야 생각이 났다.

통화 내용이란 다름이 아닌 도원이 은행에서 대출을 알아보기 위해 동분서주 중이라는 것이었다.

'하마터면 잊고 지날 뻔했네.'

복지관 건축 공정은 윤관수 소장의 노력으로 빠르게 진척되고 있는 중이었다.

어느덧 공사를 시작한 지도 8개월째다.

공정도 빨라 메인 건물인 요양 병원은 벌써 내부 공사 중에 있다고 했다.

'할아버지가 내게 부담을 주지 않으려는 건 알겠는데……'

건물을 짓다 보면 예산했던 것보다 더 많은 자금이 소요됨은 흔히 있는 일이라 이상하지 않았다.

'아마도 노인과 아이 들의 복지시설에 또 설계 변경이 있는 거겠지.'

아무래도 노약자이고 어린아이 들이다 보니 편리하고 안전한 시설을 갖추기 위해서일 것이다.

자금을 조달하는 건 문제가 없다.

당장 가용할 수 있는 돈이 156억 원에 더해 781억 원이나 있으니 말이다.

이게 뭔 돈이냐면, 156억 원은 백광INC의 사장인 백성열이 공적 자금으로 수령한 돈 일부와 홍채 인식 특허권을 판

돈이었고, 781억 원은 용인 역북동 토지를 매각한 대금으로,
실제 소유자는 조기우 의원이었지만 백성열이 자신의 장모
인 김계자의 명의로 해 놨다가 마해천 회장에게 명의를 넘기
면서 받은 돈이었다.

결과는 땅도 돈도 모두 빼앗았다는 것이다.

이는 모두 담용이 백성열의 뇌에 나디를 심어 명령어를 주
입한 탓이었다.

즉, 백성열은 자신도 모르게 담용이 주입한 명령어대로 움
직였을 뿐이라는 것.

'조 과장에게 말해야겠군.'

자금은 조재춘이 페이퍼 컴퍼니를 이용해 관리하고 있는
중이었다.

아무튼 담용이 사용할 수 있는 돈이 937억 원이나 된다는
것이 중요했다.

'후후훗, 조기우 의원이 외사촌 조카인 백성열을 어떻게
처리했는지 궁금하군. 아, 외국으로 도피했을라나?'

명령어를 심어 놨지만 이틀 이상은 유지하기 어려워 자신
하기가 힘들었다.

조기우 의원은 여당 중진으로 저번 총선 때, 4선에 당선된
인물이었다.

지금은 건설교통위원회 위원장직을 맡고 있을 정도로 여
당에서도 방귀깨나 뀌는 위치에 있었다.

바인더북

'이 양반도 좀 털어 보면 줄줄 나오겠는걸.'

구린 냄새가 솔솔 나서 꽤 재미있을 것 같았다.

하기야 그렇지 않은 국회의원이 과연 몇 명이나 될까만 일일이 손볼 만큼 담용이 한가하지 않다는 것이 그들에게 다행이라면 다행이었다.

'뭐, 꼭 필요할 때가 있으면 뒤가 구린 의원들이나 재벌들에게 좀 빌리면 되지.'

그러고 보니 돈 걱정 하나만큼은 하지 않아도 되는 능력자가 바로 담용 자신이었다.

생각에 잠겼던 담용의 시선이 책상으로 향했다.

가장 먼저 눈길을 끈 건 잠금장치가 있는 첫 번째 서랍이었다.

'바인더북.'

소중히 보관하고는 있지만 많은 것이 달라지다 보니 근래에는 볼 일이 별로 없는 바인더북이었다.

벽시계를 보니 30분이 더 지난 17시 32분이다.

'가만히 누워 있는 것도 지겹군.'

"웃차."

'동생들이 올 때까지 오랜만에 바인더북이나 들여다봐야겠다.'

침상을 내려오려다가 멈칫한 담용이 휴대폰부터 찾았다.

'도원이에게 물어보면 알 수 있겠지.'

안 그래도 연세가 많은 곰방대 할아버진데 돈으로 속을 끓게 해서야 되겠는가?

'도원이 녀석도 오랜만이네.'

서로가 나름대로 바쁘게 생활하다 보니 술 한잔 같이 한 때가 언제인가 싶었다.

폴더를 열어 보니 부재중 전화와 문자가 엄청나다.

주르르 훑던 담용이 계약 성사 여부가 궁금해 유장수의 문자만 확인하기로 하고 열어 보았다.

–11월 2일 J빌딩과 (주)HG와의 계약 완료.
용역비 J빌딩 48억 원. (주)HG 7억. 합계 55억 원.

'후후훗, HG가 급했군.'

메뚜기도 한철이라고 IMF 시기인 지금이 네트워크 마케팅의 전성기라 할 수 있으니 당연한 행보였다.

'실업자가 넘쳐 나는 때이니 다단계가 성행할 수밖에 없지.'

향후 경제가 안정되어 갈수록 다단계 형식의 사업이 사양길에 접어드는 것을 알고 있는 담용이었으니, 사이클로 보면 지금이 다단계 사업의 정점이라 할 수 있었다.

꾸욱.

김도원의 번호가 저장된 단축키를 눌렀다.

바인더북

－담용이냐?

"그래, 나야."

　－왔다는 말은 들었다. 오자마자 바로 곯아떨어졌다는 얘기도.

"지금 일어났어."

　－피곤은 좀 풀렸냐?

"아구구, 아직 비몽사몽 중이시다."

　－짜식. 대체 뭔 일을 하느라 그리 엄살이냐?

"그렇게 됐다."

　－나도 혜린이에게 듣긴 했지만, 꼭 중국까지 가야 했냐? 너, 신출내기잖아?

"이넘아, 내가 좀 똑똑하냐? 나 아니면 안 되는 일이었다고."

　－얼씨구. 그새 많이 건방져졌다, 너.

"마! 정말 피곤하다니까."

　－그럼 더 자라. 이따가 이사장님 댁에서 만나서 얘기해.

"엉? 할아버지 댁은 왜?"

　－그쪽으로 다 모이라는 명이셔.

"몇 시에?"

　－너 일어나는 대로.

"그래? 음…… 7시로 하지."

　－7시? 알았다. 그렇게 전해 드리지.

"야! 도원아, 한 가지 물어보자."

-뭔데?

"돈에 쪼들린다면서?"

-누가 그래?

"그냥 아는 수가 있어. 니가 대출까지 알아보고 있다는 것도."

-혜린이구나.

"시끄럽고. 대출은 받았냐?"

-씨발. 이자가 더럽게 비싸서 이리저리 알아보고 있는 중이다.

"몇 프론데?"

-대부분이 8프로에서 9프로다.

"은행이 어딘지 잘 기억해 놔라. 대신 그나마 좀 친절했던 은행은 확실하게 기억해 둬라."

-그건 왜?

"복수해 줘야지."

-크크큭. 알았다. 안 그래도 돈이 쪼달리니 서럽긴 하더라.

"원래 그런 거야."

돈이 없어 서러움을 당해 본 적이 한두 번이 아니었던 담용이라 그 심정을 왜 모를까?

은행이라고 다를 게 하나도 없다. 오히려 개인보다 더 냉혹하면 했지 절대 모자라지 않다.

이게 바로 허가받은 돈 장사치들의 무서움이다.

－뭐, 모르는 건 아니지만 짜식들이 지들 돈도 아니면서 엄청 유세 떨고 지랄하는 바람에 속이 다 뒤틀리더라고.

"앞으로는 큰소리 뻥뻥 치게 해 줄게."

－하하핫. 그래, 목에 기브스 좀 하게 해 주라.

"당연히 해 줘야지. 근데 얼마 필요하냐?"

－야야, 그거 이사장님이 쉬쉬하는 거라 말 못 한다.

"어허, 얼마 필요한지 말하라니까."

－야! 말했다가 나 잘린다고.

"그럴 일은 없다. 내가 그냥 보낸 거라고 하면 되니까."

－쿵. 한두 푼이 아니니까 그러지.

"걱정 마라. 엉아가 벌어 놓은 게 있으니까."

－그렇다면야……. 뭐, 딱히 얼마라기보다 많으면 많을수록 좋은 거 아니겠냐?

"알았다. 언제까지 필요해?"

－그야 당장 아쉽지.

"알았어. 법인 계좌로 보내면 되지?"

－에이씨. 난 모르겠으니 니 알아서 해라. 대신 이사장님이 알게 되면 확실히 책임져야 된다.

"짜식이 걱정도 팔자다. 이따가 보자."

－그래.

'쇠뿔도 단김에 빼라고 했으니…….'

통화를 끝낸 담용이 재차 전화를 걸었다.

─하하하하…… 이제야 담당관님의 목소리를 들어 보는군요.

"조 과장님, 별일 없었습니까?"

─웬걸요. 누구 때문에 별일이 많았지 말입니다. 위쪽의 일 땜에 적어도 천당과 지옥을 수십 번도 더 왔다 갔다 했을 겁니다, 하하하…….

"이렇게 돌아왔으니 잘 끝났지 않습니까?"

국정원에서는 담용이 귀국한 걸 이미 알고 있었다.

왕홍재든 뤼시양이든 그도 아니면 하얼빈의 홍문종이든, 미리 국정원에 연락을 했었는지 연안부두 지부에서 마중까지 나왔던 터였다.

그나저나 조재춘의 음성이 전보다 더 정중해진 느낌이라 의아했다.

'이상하네. 그새 뭔 일이 있었나?'

─위쪽 일은 전화상으로 하기 뭐하니, 나중에 하지요. 그래, 이제 피곤이 좀 풀렸습니까?

"아뇨."

─이런, 기다리시는 분들이 많은데…….

"아무래도 며칠은 쉬어야 피곤이 풀리겠는데요?"

그렇게 말하면서 담용의 입매가 비죽 벌어졌다.

-흠흠.

"집에 다녀가셨다는 말은 들었습니다. 살펴 주셨다고요?"

담용이 중국에서 머무는 동안 조재춘이 생활비를 갖다 준 것을 두고 하는 말이다.

-그야…… 당연히 할 일을 한 것이니 마음에 두지 마십시오.

"엉덩이가 무거우신 분들은 내일 사무실에 잠시 들렀다가 만나 뵙도록 하지요."

-어? 그, 그래 주시겠습니까?

단박에 음색이 밝아지는 조재춘이다.

"보고는 드려야지요."

-암요. 들어오시겠습니까, 아니면…….

"본사에서 보면 어때요?"

-상관없습니다.

"그럼 거기서 오후…… 2시쯤에 뵙지요."

-알겠습니다.

"그리고…… 지난번의 돈을 좀 쓸 수 있겠습니까?"

마치 돈을 맡겨 둔 것처럼 하는 말투인 이유는 백성열의 자금이라 자격이 있어서였다.

-아, 물론입니다. 용도만 말해 주시면 재깍 처리해 드리지요.

"그게 언제쯤 가능합니까?"

－감당할 만한 금액이라면 내일이라도 당장 드릴 수 있습니다.

"어? 페이퍼 컴퍼니에 묵혀 둔 게 아니었습니까?"

－그랬지요. 왜 이상합니까?

"시일이 걸릴 텐데 금방 된다고 하니 그러지요."

－당장 가용할 수 있는 돈이 있으니 급할 때는 그걸 먼저 쓰고 나중에 채워 넣으면 되지요.

"아아, 전 또⋯⋯."

－용도는 뭐고 얼마가 필요한지만 말씀해 주시면 됩니다.

"복지관 건축 자금이 모자란답니다."

－아, 법인 계좌는 알고 있습니다. 생각하고 있는 금액은요?

"글쎄요. 백억 원 정도? 가능하겠습니까?"

－당연히 해 드려야지요. 내일 오전까지 입금시킨다고 하십시오.

"하핫, 감사합니다."

－뭘요.

－그럼 내일 보도록 하지요.

"아참, 아침에 만났던 그분들은 괜찮습니까?"

기실 아침에 귀가하면서 집 부근에 두 명의 수상한 자를 처리한 것을 두고 하는 말이었다.

살상은 국정원에서 자신의 가족들을 보호하기 위해 파견

한 요원들이었지만, 담용이 알 턱이 없으니 손을 쓸 수밖에 없었다.

─아하하핫. 가벼운 부상이라 간단히 치료받고는 금방 퇴원했습니다.

"다행입니다. 그분들에게 밥값이나 좀 드리세요."

─쩝. 담당관님 집을 호위하고도 보상은커녕 린치를 당해 버렸으니 억울할 만도 할 테니 그러겠습니다.

"제게 언질이라도 줬으면 그런 일이 없었을 것 아닙니까?"

─다음에는 꼭 알려 드리지요. 어쨌든 순식간에 당하다 보니 된통 혼이 났던 모양인지 저를 보자마자 머리를 내젓더 군요.

"차후에 그럴 일이 있으면 미리 말씀해 주십시오. 실수하지 않게요."

─그러죠. 그럼 내일 뵙지요. 아, 본사로 오시면 됩니다.

"예, 들어가십시오."

파락. 파락.
이미 지나 버린 일자의 일지는 의미가 없어 그냥 넘겼다.

2000년 11월 5일. 일요일. 맑음.

일본 유물 조작 사건 : 후지무라 신이치

첫 줄에 쓰여 있는 글귀였다.

'이게…….'

잘 떠오르지 않는 내용이라 기억의 전도체를 건드려 더듬어 보았다.

'아, 맞다.'

내용은 대충 이랬다.

한 고고학자가 유물을 묻어 놓고 며칠 후 파내는 방식으로 조작된 유물을 발굴한 사건이었다.

결국 일본 기자의 끈질긴 추적으로 들통이 나긴 했지만, 이 사건으로 일본 고고학계는 그야말로 개망신을 당했었다.

'하하핫, 13만 년에서 3만 년이 전부인 중기구석기시대 역사가 부끄러워서 한 일이었지.'

모두 일본 우익 인사가 저지른 일로, 한반도에서 도래했다는 것을 부정하기 위해서였다.

물론 일본 언론이 스스로 밝힌 사건이긴 하지만, 학설에 필요한 유물은 만들어 내면 그만이라는 발상 자체가 한심스럽다.

'이놈들은 어째 하나같이 이 모양인지…… 이번에는 일본으로 가 봐야겠어.'

손볼 놈이 몇 명 있기도 했지만, 일본으로 갈 일이 생긴다면 할 일이 많을 것 같은 예감이었다.

'그래, 내가 존재하는 이유가 뭐겠어?'

담용에게도 은연중 늘 우려하는 근심거리가 있긴 했다. 그것은 바로 자신이 지니고 있는 능력이 언제 사라질지 모른다는 것이었다.

그 이유는 선천적으로 타고난 것이 아니라 후천적으로 생긴 능력이어서였다.

부단한 노력을 경주하고는 있지만 그 근원이 사라진다면 그게 다 무슨 소용일까?

세상 만물에 영원한 것은 없다. 능력이 사라지기 전에 많은 일을 해 놓고 싶었다.

아울러 이때가 아니면 많은 것을 되돌려놓지 못할지도 모른다는 불안감도 있었다.

'슬쩍 물어보면 답이 나오겠지.'

국정원의 업무 중 일본에서 할 일이 적지 않다는 건 누구라도 짐작할 수 있는 일이지 않은가?

오늘도 명함을 300장 돌렸다(테헤란로 주변).

특이 사항 : 없음.

'쩝. 발악하던 시기로군.'

명함을 3백 장이나 돌렸지만 문전박대는 아니더라도 관심을 보이는 사람들이 하나도 없었던 때였다.

'이때는 업무가 없을 때였어.'

불황이 길어지면서 경제가 얼어붙었던 시기이기도 했다.

반면에 곤두박질만 계속하던 부동산 시장이 살아날 기미가 보이자 대기 물건들이 들어가면서 거래가 뚝 끊어진 때였으니, 담용이 아무리 발품을 팔아도 소용이 없었다.

게다가 법인의 굵직한 업무야 처리할 능력이 있는 부서에 할당되다 보니 이제 1년 차인 담용에게 주어질 턱이 없었다.

내일도 그녀를 볼 수 있을까?

'후훗.'

절로 웃음이 터져 나왔다.

이제는 식상해져 버린 글귀였지만 보면 볼수록 미소가 띠어지고 새로운 글귀였다.

파락.

한 장을 더 넘겼다.

2000년 11월 6일. 월요일. 맑음.

김현우 과장 결혼식(오후 6시, 평택 한누리 예식장).

축의금 3만 원 지출.

'어? 내일이 김 과장 결혼식이라고?'

생각해 보니 당시 대전까지 가서 축하를 해 줬던 것 같다.

없는 돈을 쥐어짜서 축의금도 냈었다.

고작해야 3만 원이었지만 그 당시의 담용으로서는 적지 않은 돈이었다.

'흠, 이 친구도 어렵긴 마찬가지였지.'

예식비가 비싼 토, 일요일이 아닌 월요일 저녁을 택했던 것도 그 때문이었다.

'사실 결혼할 형편은 아니었지.'

속도위반을 했는지 여자 친구가 덜컥 임신을 하는 바람에 울며 겨자 먹기로 한 결혼식인 것으로 알고 있다.

부서도 달랐지만 교류가 별로 없어 친하게 지낸 사이는 아니었지만, 담용의 기억으로는 심성도 괜찮은 데다 성실한 직원이라는 점이 마음을 동하게 했다.

다만 볼 때마다 늘 피곤에 찌들어 있었다는 것이 마음에 걸렸다.

'신혼집이 평택이었으니…….'

출퇴근하는 데만 4시간이 걸렸으니 업무에 효율을 기대하기가 어려운 것은 자명한 일이다.

'좀 도와줘야겠구나.'

국정원에 들러야 하니 참석하기는 어려울 것이다.

'팀원들이 참석할 테니까. 근데 이 친구가…… 서베이survey

에 탁월했었지. 아마?'

　잠시 생각을 해 보니 김현우의 특기가 뭔지 기억이 났다.

'소속이 영업 2팀 2과던가?'

　다시 더듬어 보니 팀장이 천동수 부장이고 2과 과장이 이연웅이란 것까지 기억났다.

　한데 둘 다 별로 좋은 인품은 아니었다는 기억이다.

'실적도 별로고……'

　김현우의 경우 서베이만 하다가 아까운 세월을 다 보낸 예였다.

　팀별로 작업을 할 때, 서베이가 가장 고생을 한다. 그런 고생에 비해 수입의 몫은 가장 적다.

　가장 많은 몫은 매도자나 매수자를 직접 컨택한 직원이고 그다음이 팀장, 나머지는 남은 금액을 N분의 1씩 나누어 가진다.

　N분의 1씩 나누지만 서베이의 경우 비용이 많이 들기에 제하고 나면 수입이 가장 적은 것이다.

'이런 불합리한 관행도 바꿔야 해. 그나저나 결혼을 한다니 회사 차원에서 도움이 될 게 별로 없네.'

　기껏해야 축의금과 화환이 전부다.

'그 흔한 상조 하나 없는 회사이고……'

　하기야 이직이 잦은 회사이니 상조는 무리일 수 있겠다.

　그러고 보니 말만 법인회사지 직원들 복지에 대해서는 전혀 무관심한 회사가 바로 부동산 회사였다.

뭐, 그만큼 수익을 올린다면 생각해 볼 수 있겠지만, 대한 민국 부동산의 입지를 보면 은하계에서나 볼 수 있는 얘기나 마찬가지다.

'유 대표와 의논해 보면 뭔 수가 나오겠지.'

이런 문제는 담용 개인이 하는 것보다 KRA란 회사 차원 에서 하는 게 낫다.

시간을 끌 일이 아니었다.

담용이 휴대폰을 들어 유상현 사장의 번호가 저장된 단축 키를 눌렀다.

-워어, 이게 누구야?

"하하핫."

열흘 이상 결근했으니 뭐라고 할 수 없어 담용은 그저 웃 기만 했다.

-그래, 일은 다 끝난 건가?

"예, 다행히 잘됐습니다."

-뭔 일인지는 몰라도 회사로서도 좋은 일이겠지?

유상현은 담용이 돈 되는 일을 하기 위해 잠적한 걸로 알 고 있었기에 하는 말이었다.

"그건 두고 봐야지요."

-뭐, 나도 번갯불에 콩 볶아 먹을 생각은 없네. 천천히 하 게.

"그러죠. 그건 그렇고 김현우 과장이 결혼한다고요?"

−그러네. 결혼식이 내일 저녁이지 아마? 그것도 평택에서 한다더군.

"그래서 말인데요."

−응? 하고 싶은 말이 있나?

"우리 회사도 이제 직원들에게 복지 혜택을 줄 때가 됐다는 생각이 들어서요."

−뭐? 보, 복지?

"이번에 돈 좀 벌었다면서요?"

−그거야 전부 TF팀이 해낸 거지 다른 부서는 영······.

넘겨짚은 말이었지만 다행히 유장수의 문자대로 팀원들이 시킨 일들을 잘 끝낸 것 같다.

용역 수수료가 무려 55억 원이란 거액이었다.

"누가 벌었든 그게 무슨 상관입니까? TF팀에서도 좀 내놓을 테니, 이참에 어려운 직원들 사정을 좀 살펴 주는 것도 좋은 일이지요."

담용은 말을 유순하게 했다.

생각 같아서는 사업을 하는 이유가 뭐냐고 따져 묻고 싶었지만 참았다.

유상현 사장이나 이기주 부사장은 심성이 그리 악한 사람이 아니었기 때문이었다.

그리고 고집을 부리는 것도 담용의 지분이 가장 많다는 점이 결정적이었다.

─허참, 뺙하면 관두고 나가는 게 관행인 부동산 회사에서 복지라…… 좀 아니지 않나?

태생적으로 이직률이 클 수밖에 없는 부동산 회사라 틀린 말은 아니었지만 담용은 고집을 부렸다.

"이제는 바꿔야지요. 근무하고 싶은 회사로요."

─으음, 그렇다면 정관을 손봐야 할 텐데…….

"그거야 바꾸면 되죠, 뭐."

─참 쉽게도 말하는군.

"하하핫, 어렵게 생각할 것 없어요. 최하 1년 이상 근무한 데다 근무 성적이 괜찮은 사원에 한해서만 혜택이 돌아가는 것으로 가닥을 잡고 정관을 바꾸지요."

─일단 내일 출근해서 얘기하세. 참, 출근은 할 건가?

"예. 근데 정관에 없더라도 우선 김현우 과장의 사정을 좀 살펴 줘야겠습니다."

─왜? 무슨 일이 있나?

"제가 알기로는 아마 평택에 살림집을 차려 거기서 출근한답니다."

─헐, 그 먼 곳에서?

"그래서 말인데요. 사무실과 가까운 곳에 기숙사 형식의 원룸을 마련해 주면 어떨까 합니다만……."

─흠, 갑작스러운 말이라…… 어찌해야 할지 모르겠군.

"뭐, 사장님이 원룸을 마련하는 동안 김현우 씨가 고생은 해야겠지요."

―그렇게 해서 회사에 득이 있겠는가?

"시도해 봐야 결과가 나오겠지만, 비용은 절약할 수 있을 겁니다. 대출을 받으면 되니까요. 기숙사에 입실하는 사원이라면 관리비나 대출 이자 정도는 감당해야지요."

―알았네. 의논해 보지.

"하핫, 축의금 거하게 내실 거죠?"

―끙.

"그럼 내일 뵙지요. 끊습니다."

통화를 끝낸 담용이 나머지 글귀를 살폈다.

근래에 와서 혜린이 표정이 밝다.
왜 그럴까? 혹시 남자 친구라도 생긴 걸까?

'훗!'

만감이 교차되는 글귀에 담용이 짧게 웃었다.

이미 없던 일이 되었으니 추억만 새로운 일이었다.

나머지는 별로 주목할 만한 사항이 없어 넘겼다.

2000년 11월 7일.
가뭄에 콩이 열렸다.

4억 3천만 원 1층 단독주택 매매계약.
강남구 염곡동 ○○○-○○번지
대지 36평, 건평 22평.
중도금 없이 12월 7일 잔금 지불.
기분파 매도자 수수료 3백만 원 약속.

내게 이런 날도 있구나.
오늘은 운이 좋은 날이다.^^

'아, 이거 기억난다.'
글귀를 보자마자 그날의 기억이 선명하게 떠올랐다.
사실 이날은 몸 컨디션이 최악이었던 터라 사무실에서 전화 당번을 하고 있던 터였다.
'몸살감기였었지.'
으슬으슬 춥고 신열이 있었다.
병원에 가기보다는 약국에서 약만 사 먹었던 기억이 지금도 또렷했다.
'생활에 쪼들리고 뭐든 조급해하다 보니 그새 몸이 많이 망가져 있었던 걸 몰랐었지.'
게다가 되는 일도 없어 일할 의욕도 나지 않던 때이기도 해서 이래저래 죽어라 죽어라 하던 시기였다.
'후훗, 우연히 받은 전화였는데 거래가 될 줄이야.'

정말 가뭄에 콩이 난 예라면 이걸 두고 말한 것이리라.

그럴 것이 마침 매수자가 원하는 물건이 2년 전에 의뢰되어 장부에 기재되어 있었던 차였고, 전화를 걸어 보니 그때까지도 주택이 팔리지 않고 있었던 것이다.

거래는 일사천리로 진행되어 그날 당일에 집을 보고 계약까지 끝냈다.

'수입이 얼마였지?'

파락. 파락. 파락.

2000년 12월 7일.

개포동 주택 잔금일. 오후 1시.

거래액 4억 3천만 원.

무사히 거래가 끝났다.

매도자 : 수수료 300만 원.

매수자 : 180만 원.

합계 : 480만 원.

회사 입금(40%) : 1,920,000원

수익(60%) : 2,880,000원.

'하핫, 이랬었구나.'

더불어 기억나는 건 소소한 빚이 많아 돈이 금세 사라졌다는 것이다.

쓴웃음을 지은 담용이 다시 12월 7일 자 페이지를 폈다.

초대형 금융 비리.
정형진 게이트.
동성금고 2,239억 원.
H-은행 566억 원.
K-은행 1,060억 원.
신용보증기금 대출 보증 외압 의혹.
정·관계 로비 의혹 제기.
검찰 수사 결과 단순 사기극으로 마무리.

'오호! 요거…… 재미있겠는걸.'
정형진을 조지면 꽤 재미있는 이야기가 솔솔 풍겨 나올 뿐
만 아니라 잘하면 눈먼 돈도 벌 수 있을 것 같다는 생각에 담
용의 입이 반달처럼 올라갔다.
재미있는 얘기란 게이트에 연루된 정·관계 인사들이 정
형진의 입에서 줄줄이 나올 것이란 뜻이다.
국정원에서도 이들의 약점을 잡을 수 있으니 춤을 추어 댈
얘기다.
약점을 많이 알면 알수록 국정원의 영역이 넓어지고 행보
도 빨라지기 마련이다.
'단순 사기극이라면 구속된 건가?'

만약 그렇다면 유치장에 들어가야 한다는 얘기가 된다.

'보석으로 나오겠지.'

이건 알아봐 달라고 하면 되니 다음 장을 펼쳤다.

전부 동생들에 관한 얘기다.

모두 달라진 것들뿐이라 계속 넘겼다.

파락. 파락.

'없고, 없고…….'

담용은 11월 10일 자에서 멈췄다.

2000년 11월 10일. 금요일. 비.

춘천시에 건설 중이던 아파트 단지 매각설이 돎.

세대수 : 1,976세대

모델 : 17평형, 24평형, 28평형

공정 90퍼센트라고 함.

시내 부동산 사무실을 투어하다가 주워듣다 보니 소문의 진원지는 미상임.

필히 사실 확인 요망.

'흠, (주)BY가 주워 먹었다는 소리가 들렸는데…….'

(주)BY는 임대주택업이 주력인 회사였지만, 재계 순위 50위 안에 드는 재벌 기업이었다.

'임대주택업이 주력 사업이다 보니 소문은 별로 안 좋게

들리지만, 그 말을 다 믿을 수는 없고…….'

직접 보고 듣지 않는 바에야 죄다 조금이라도 안 좋은 일을 당한 사람들의 악성 루머일 가능성도 있었다.

'이거 먹어 볼까?'

공정이 90퍼센트까지 완성이 됐다면 거저먹는 거나 마찬가지라 담용도 슬그머니 욕심이 났다.

'마 회장과 의논해 봐야겠군.'

마해천 회장이 부동산왕이라고는 하지만 바인더북에 적힌 내용에 따르면 따끈따끈한 물건이라 아직 접하지 못했을 것이다.

매양 그런 것은 아니지만 부동산만큼은 의외로 시중에 떠도는 소문이 빠른 데다 진실한 경우가 더러 있었다.

'BY도 두 달 후에나 먹었으니…….'

정보를 늦게 접했다기보다 가격을 후려칠 대로 후려치느라 2개월이 걸린 것이다.

'건설 회사부터 알아봐야겠군.'

필시 시행사가 있겠지만 지금쯤 권리는 시공사로 넘어갔을 확률이 컸다.

'J빌딩 건도 끝났으니 송 과장과 설 과장에게 맡기면 되겠어.'

벌써 팀원까지 배치해 놓은 담용이 아래 내용을 살폈다.

DA건설 최종 부도 처리.

최 회장 : 발 빠르게 채권자들과 협의 중.

M&A 혹은 법인 재산 정리로 가닥을 잡는다는 소문임.

'허참, 나도 할 일이 되게 없었네.'

손을 대기는커녕 근처도 못 갈 형편이면서 별걸 다 기록을
해 놨다.

'그게 오히려 더 잘된 건가?'

DA 물건은 알토란들이 많다. 그 때문에 외투사들이 벌 떼
같이 덤벼들었던 기억이다.

'특히 파이낸싱스타.'

지사장인 체프먼과 그 일행이 죽었으니 어찌 될지는 모르
겠지만, 그 자리를 메울 외투사들은 쌔고 쌨다.

'으아아아…… 쉴 틈이 없구나.'

담용이 팔을 크게 벌려 기지개를 켰다.

'에고고, 괜히 바인더북을 펼쳤네.'

똑똑똑.

"어? 들어와."

문이 열리면서 앞치마를 두른 혜린이 배시시 웃으며 얼굴
을 들이밀었다.

"일어났어요?"

"응. 근데 너 출근 안 했냐?"

"할아버지가 나오지 말고 오빠 시중들라고 해서요."

"하핫, 내가 무슨 왕이라도 되냐? 시중까지 들게."

"파김치가 돼서 왔잖아요?"

"그러게 말이다."

엄연한 사실이다 보니 담용은 부인도 못 했다.

"근데 지금 중국은 난리라네요?"

"난리? 뭔 난리?"

시치미를 뚝 뗀 담용이 오히려 되물었다.

"오빠 어디에 있다가 온 거예요?"

"나? 부, 북경."

"아, 그래서……."

"그게 왜 궁금한데?"

"산둥이 지금 쓰나미로 난리라니까 물어본 거예요."

"어? 그래?"

"네, 지진이니 폭발이니 말들이 많은데 방송국마다 하도 중구난방으로 떠들어 대서 뭐가 진실인지 모르겠어요."

"관심 꺼라. 우리 일도 아닌데……."

"그렇긴 하죠. 오빠가 무사히 왔으니 됐어요."

"후훗, 녀석."

"피곤하죠?"

"이제 괜찮아."

"그럼 씻고 할아버지 댁에 가요."

"그래, 거기서 식사할 거라고 도원이에게 들었다."

"어머, 도원 오빠하고 통화했어요?"

"응, 복지관 일이 궁금해서 전화를 걸어 봤지."

"뭐래요?"

"그냥 잘 돌아가고 있다고 하더구나. 왜? 뭐 아는 거 있어?"

"아뇨."

"정인 씨가 뭔 말 안 해?"

도리도리.

"전혀요."

"이상이 없다면 잘된 거지."

"저기……."

"응? 왜? 할 말이 있으면 하렴."

"돈 좀 있어요?"

"돈? 얼마나?"

"아, 제가 쓸 게 아니고요."

"그럼 복지관?"

'에구, 얼마나 쪼들리면 혜린이까지 나설까?'

"……!"

담용이 대뜸 정곡을 찌르자, 혜린의 반달 같은 눈이 더 커졌다.

"아니냐?"

"……네, 맞아요."

"녀석, 그런 걸 왜 어렵게 말해?"

"한두 푼이 아니니까 그러죠."

"안 그래도 지금쯤 필요할 것 같아서 계좌 이체를 할 작정
이었다."

"헤헤헷."

나이답지 않게 천진난만하게 웃던 혜린이 앞치마 주머니
에서 통장을 꺼내 내밀었다.

"보세요."

"뭐냐?"

"일전에 조 과장님이 왔다가 가셨다고 말했죠?"

"그런데?"

"그분이 주시고 간 돈이에요."

"아, 그래?"

"네. 오빠가 알고 있어야 할 것 같아서요."

대답 대신 내용을 살펴보던 담용의 눈이 조금 커졌다.

무려 2천만 원이었다.

"뭐가 이렇게 많아?"

"저도 이상하게 생각돼서 쓰지 못했어요."

"아니, 마음대로 써도 된다. 생각했던 것보다 금액이 커서
조금 놀라긴 했지만 오빠가 그만큼 일을 하고 있으니 마음
푹 놓고 써."

"히히힛, 네에-!"

"그건 그런데…… 담민이 녀석이 육상 대회에 같이 못 가서 섭섭해하지 않았어?"

"에구, 왜 아니겠어요? 그 때문에 컨디션 난조가 올까 봐 고모와 셋이서 얼마나 전전긍긍했는데요."

"쩝, 사내 녀석이 멘털이 그렇게 약해서야……."

"아직은 어리잖아요?"

"곧 고등학생이야. 너무 오냐오냐하며 응석을 받아 주지 마라. 이젠 좀 달라져야지."

"차차 나아지겠죠."

"용돈도 절제하고."

"예전보다 조금 더 낮게 주는 것뿐이에요."

"계속 그렇게 해. 적당히 부족하다는 그 자체가 사람을 부지런하게 만드는 힘이 있으니까. 특히 운동선수에게는 헝그리 정신이 필요해."

"그건 옛날 얘기 아녜요?"

"배가 고픈 것만이 헝그리 정신이 아니다. 기록에 배고픈 것과 승리에 배고픈 것이 모두 헝그리 정신에서 출발해. 목적을 달성하고도 계속 배고픔을 느껴야 진정한 프로페셔널이라 할 수 있어. 그러니 너무 있는 태를 보이지 마라."

담용은 2년 후에 벌어지는 월드컵 축구에서 히딩크 감독이 4강에 올라서고도 '우린 아직도 배가 고프다.'라고 한

말이 참으로 멋있다고 생각해 왔었기에 지금 인용해 본 것
이다.

"알았어요."

"그래, 결과는 어땠어?"

"호호홋, 1등했어요."

"어? 정말?"

"그럼요."

"종목이 뭐냐?"

"기록이 가장 높은 3,000미터 한 종목만 출전했어요."

"호오. 기록은 잘 나왔고?"

"말로 듣는 것보다는 차라리 상장을 보는 게 낫겠네요. 잠
시만요."

방을 나간 혜린이 금세 다시 들어와서는 파란 벨벳 천으로
마감한 원통을 내밀었다.

상 장

제29회 추계 전국 중·고등학교육상경기대회

부별 : 남중부   기록 : 8' 59" 02(부별신)

종목 : 3000미터   소속 : 한솔중학교

등위 : 1위   성명 : 육담민

2000년 9월 28일

한국 중·고 육상연맹

회장 오 명 석

"오! 중등부에서는 신기록이네."

"네. 하지만 박 코치 말로는 최고 기록은 아니래요."

"차이가 많이 난대?"

"아뇨. 0.35초요."

"엉? 그럼 거의 차이가 없다는 소리잖아?"

"호홋, 맞아요. 담민이가 육상을 시작한 지 얼마 되지 않아서 경험이 부족해서 그렇대요."

"이거…… 박 코치를 만나 인사라도 해야겠구나."

"안 그래도 오빠를 좀 만났으면 하더라고요. 담민이 고등학교 진학 문제로요."

"어, 그럴 때도 됐지. 알았다. 그건 이 오빠가 만나 보고 의논해 보자꾸나."

"네."

"그럼 이제 좀 씻고 할아버지 댁에 가 볼까?"

"그래요."

결혼하거라

그 시각 미국 CIA 선양지부.

세인트상사 지사 사무실이기도 한 이곳에서 CIA 선양지부의 지부장인 미하일 존슨이 심사가 편치 않은 듯 시종 딱딱한 표정을 짓고 있었다.

쩌리듯 쏘아보는 눈은 바로 앞에 머리를 떨군 채 앉아 있는 도리안 쑨스케를 향하고 있었다.

이런 분위기를 가져온 사건의 전말은 이미 보고받은 후여서 지금은 랭글리에 어떻게 보고할 것인가 하고 열심히 머리를 굴리고 있는 중이었다.

편하게 앉아 있는 것 같아 보이지만 마음은 누구보다 급했다.

어제 랭글리 본부에서 걸려온 전화가 존슨의 목을 죄고 있기 때문이었다.

─이봐, 존슨, 여기서 뉴스를 듣고서야 알아야겠나?

─아, 막 연락드리려고 했습니다.

─좋아, 그 문제는 그냥 넘어가도록 하지. 보고가 늦는 이유가 뭔지 말해 보게.

─현장에 다가갈 수가 없습니다. 그래서 가드인 쏜스케를 기다리고 있는 중입니다.

─거기까지 따라간 걸 어떻게 알아? 가드는 표면에 나타나지 않는 거로 아는데 말이야.

─아, 선양공안국 폭발 때 행적을 놓쳤다고 해서 제게 협조를 구해 와 알았습니다.

─하면 정확한 보고는 언제 가능한가?

─오늘 중이나 늦어도 내일 오전까지는 연락드리도록 하겠습니다.

─이봐, 우린 그놈들이 핵폭탄 백 개를 보유한 것보다 에스퍼 요원 한 명의 생사가 더 중요하다고. 그런데 두 명이나 되잖아?

─아, 알고 있습니다.

─내가 너무 재촉한다고 생각하지 말게나. 이러는 나도 마음이 편치 않네. 플루토 본부에서 독촉해 대지. 본부장이 재

촉해 대지. 내일모레 대통령 선거가 내 목을 죄고 들어오지. 그걸 다 감당하느라 몇 개 남지 않은 머리카락마저 다 뽑힐 지경이라고.

—미스터 할시, 남은 머리카락을 반드시 지켜 드리겠습니다.

—믿겠네. 아, 투표는 했나?

—예, 했습니다.

'젠장 할.'

생각만 해도 머리가 지끈지끈했는지 존슨이 손바닥으로 얼굴을 비벼 댔다.

잠을 자지 못한 탓인지 피부가 퍽퍽한 느낌이었다.

그렇게 한참 동안 이어지던 무거운 분위기를 깬 것은 존슨이었다.

"끙, 실종이냐 전사냐가 문제란 말이지."

둥강 앞바다의 결과는 쑨스케가 돌아옴으로써 알게 됐다.

한데 머셔와 위버가 돌아오지 못했다.

쑨스케가 늦게 온 이유가 바로 그들을 이틀 동안 기다렸던 때문이었다.

하지만 쑨스케도 손에 쥔 것은 아무것도 없었다.

실종이든 전사든 파편 쪼가리 하나는 건져야 면목이 서는 것이지만, 그 넓은 바다에서 찾아내기란 지난한 일이었다.

그러나 윗선의 생각은 달랐다.

미국의 군사력이 강성한 이유 중 하나가 바로 아군이 어디에서 죽었든, 1백 년이 지나도 반드시 조국으로 데려온다는 절대적인 모토가 있기 때문이다.

윗선은 그걸 강조하고 있는 것이다.

그럼에도 파편 쪼가리 하나 건지지 못했다니.

뭐, 폭발의 규모를 감안하면 이해하지 못할 것도 아니지만 그건 존슨 개인의 생각일 뿐 그것을 이유로 내세우기는 어려웠다.

"쑨스케, 전사로 하지."

"그건 제 소관이 아닙니다만……."

"지금은 소관을 말할 사안이 아냐. 현장을 직접 본 사람으로서 증인이 돼 줘야 한다는 거지."

"말하지 않았습니까? 기습으로 인해 기절했다가 물이 찬 뒤에야 깨어났다는 걸 말입니다."

무슨 일이 있었는지도 모르고 또 아무것도 본 게 없었다는 뜻.

"그럼 그렇게 보고할 텐가?"

"그게……."

사실대로 보고하는 게 맞지만 쑨스케로서는 자신의 이력에 치명적인 오점이 기재되는 터라 선뜻 대답을 못 했다.

이는 존슨 역시 마찬가지였다.

바인더북

"일은 이미 벌어졌네. 치나든 노스 코리아든 우리든 살아 나온 사람이 단 한 명도 없어. 이게 뭘 뜻할까?"

"……?"

"자네가 본 그대로가 진실이란 말이 되는 거지. 그리고 폭발 장면을 본 사람들이 적지 않아서 신빙성도 있고."

"……?"

"어떤가?"

"비밀은 언젠가 까발려집니다."

"그땐 우리가 은퇴했을 시점이지."

"구체적인 걸 모르는데 단순히 추정만 가지고 보고할 수 있겠습니까?"

"그래서 고민해 봤네. 지금 치나 정부가 둥강 앞바다 인근에서 은밀히 방사능오염 물질을 조사하고 있다고. 그걸 빌미로 삼도록 하자고."

"확실한 겁니까?"

"쯧, 순진하기는……. 만약 정말로 방사능이 퍼졌다면 지금쯤 둥강 시민들을 대피시키느라 난리 북새통일 걸세. 없는 일을 꾸며서 보고하는 거라고."

"아!"

끄덕끄덕.

"자네와 나, 손발이 맞아야 해. 어차피 우리가 그에 대해 슬쩍 찌르면 치나는 펄쩍 뛰겠지. 외교전이 심해지면 IAEA

에서 실사가 나올 수도 있고."

"모두 제 입에서 그 말이 나와야 한다는 거죠?"

"내가 둥강시에 간 적이 없으니 당연하잖은가? 그리고 분명히 알아 두게. 우리가 이런다고 조국에 해가 되는 일은 추호도 없다는 걸 말일세."

그 말이 결정적이었는지 쏜스케가 고개를 끄덕였다.

"좋습니다. 말씀대로 응하겠습니다. 단, 비밀은 끝까지 지켜 주십시오."

"믿게. 그리고 비밀이랄 것도 없는 것이, 이 역시 애국심의 발로로 말만 살짝 바꿔서 보고할 뿐이라는 거지."

"으음."

"자, 정리를 하지. 내가 보고할 내용일세. 머셔와 위버는 전사함. 대폭발로 인해 쓰나미가 둥강시를 덮쳤음. 현재 치나 당국에서 은밀히 방사능오염 조사를 하고 있는 중임. 이 모든 걸 현장에 있던 자네가 직접 확인함. 됐나?"

"예."

침중한 표정인 쏜스케가 무겁게 머리를 끄덕였다.

"후우. 지금쯤 할시의 눈총에 전화기가 박살 났을지도 모르겠군."

여전히 굳은 표정이 펴지지 않은 존슨이 자리에서 일어나 밀실로 향했다.

비선 전화기가 있는 곳이었다.

바인더**북**

곰방대 할아버지 댁.

오랜만에 가족이 전부 모여서 그런지 한마디로 시끌시끌
했다.

한바탕 요란한 식사가 끝났는지 지금은 티타임을 가지고
있는 중이었다.

그러나 가족들 중 담용과 안성댁은 보이지 않았다.

이유는 안성댁의 건강 점검을 위해 안방에 들어가 있었기
때문이었다.

담용은 지금 반 시간을 할애해 안성댁의 몸속을 관조하고
있는 중이었다.

시간이 걸리는 이유는 췌장이 장기들 중에도 깊숙한 위치
에 박혀 있어서였다.

'연세에 비해 깔끔한 편이긴 한데, 역시 나이는 못 속이는
건가?'

나디로 일주해 본 결과는 딱 그 나이에 맞는 장기의 탄력
이었다.

이걸 두고 노화 현상이라 한다.

노화라는 것이 주름같이 피부에만 오는 게 아님은 상식이
다. 오장육부에도 오기 때문에 나이가 들면 들수록 꾸준한
운동과 식단 관리가 필수다.

즉, 맵고 짠 음식을 삼가고 동시에 육류 같은 음식도 소식하듯이 섭취해야만 탄력이 줄어든 장기에 부담이 가지 않는 것이다.

"할머니."

"응? 뭐가 잘못됐누?"

"그런 거 없어요."

"그람?"

"다 괜찮아요."

"그럴 게야. 요 근래 이 할미 꼰디손이 좋았거든."

말하는 안성댁의 표정이 밝다.

"그런데 할머니, 앞으로 조심할 게 있어요."

"말해 보렴. 이 할미가 우리 큰손주 말은 다 들을 거니께."

"하핫, 별건 아니고요. 연세가 있으시니 노화가 진행되는 건 당연한 거고요."

"그람, 늙으면 다 그런 게야. 겉만 늙지는 않을 거고만. 암은."

"잘 아시네요. 그래서 말인데요. 앞으로는 적어도 이틀에 한 번씩은 동네 한 바퀴를 도는 게 좋겠어요."

"운동하라는 거구먼."

"예. 그리고 식단 관리도 필요해요. 그러니까 맵고 짠 음식은 되도록 피하시고요. 고기 같은 것도 많이 잡숫지 마세요."

"그라잖아도 인자는 많이 먹지도 못혀."

"하핫, 적게 먹는 게 속도 편하고 여러모로 좋아요."

"알것네. 할미가 우리 큰손주 말을 들을 거구먼."

"예, 그렇게 하시면 지금보다 더 건강해지실 거예요. 혹시라도 불편하시면 저를 부르시고요. 아셨죠?"

"암은, 고뿔이 걸려도 부를 테니께 쎄게 달려와야 혀."

"하하핫, 그럼요. 자, 이제 나가시죠."

담용이 안성댁을 부축하고 마루로 나갔다.

"할머니!"

담민이 쪼르르 달려와 안성댁을 덥석 안았다.

"아이구, 인석아, 할미 넘어진다."

"에헤헷."

"담용아, 수고했다."

"할아버지도 참. 당연히 할 일인데요 뭐."

"그래, 할멈은 좀 어떻더냐?"

"아주 좋으셔요."

"그려?"

"예, 대신에 할아버지께서 해 주실 일이 있어요."

"내가 할 일이 있다고?"

"매일은 아니더라도 이틀에 한 번씩은 할머니 손잡고 동네 한 바퀴 도는 운동을 하셔야 해요."

"흠, 그러면 더 좋아지겠느냐?"

"그럼요. 우선 다리에 힘을 올리는 게 중요하거든요."

"하긴…… 늙으면 다리부터 힘이 빠지기 시작하지. 알았다."

"큰오빠, 여기 차 마셔요."

"어, 고맙다."

혜인이 건네주는 찻잔을 든 담용이 곰방대 할아버지에게 물었다.

"할아버지, 복지관에 자금이 모자라진 않으세요?"

"아, 아니다. 모자라지 않다."

"그래도 필요할지 모르니, 내일 법인 계좌에 돈이 입금될 거예요."

"엉? 그게 무슨 말이냐, 돈이 입금된다니?"

"히힛, 제가 이번에 중국으로 가서 돈을 좀 벌어 왔거든요."

"에그, 아무리 중국을 다녀왔다고 해도 며칠 지나지 않았는데 몇 푼이나 벌었겠냐? 그러니 그 돈은 네가 쓰도록 해라."

"에이, 몇 푼이든 아니든 이 손자의 성의잖아요? 때마침 일이 되려는지 독지가가 나섰네요."

"독지가?"

독지가가 있다는 말에 슬쩍 기대를 해 보는 곰방대 할아버지다.

바인더북

"어디에 누구더냐?"

"그건 차차 알게 될 거예요. 본인이 추후에 할아버지를 만나 얘기하겠다고 해서요."

"그야 아무래도 좋다만…… 투자라면 안 받는 거 알쟈?"

"그럼요, 절대 그런 거 아니에요."

"하면 금액은 얼마나 되느냐?"

"그동안 제가 벌어 놓은 돈과 이것저것 합하면 대략 백억 원 정도는 될 것 같아요."

"엥? 어, 얼마라고?"

말을 잘못 들었나 싶어 눈을 크게 뜬 곰방대 할아버지가 재차 물었다.

그뿐인가? 집 안에 있는 가족들 모두 담용의 말에 놀라 그를 주시했다.

곰방대 할아버지를 비롯해 안성댁, 혜린이, 혜인이, 담민이, 정인이, 도원 등 일곱 식구 모두가 하던 일을 멈추고 정말인지 확인하려는 눈치들이 역력했다.

아, 고모인 육선녀만 저녁 장사를 해야 했기에 빠진 상태였다.

그리고 일곱 식구란 도원과 정인이 육가家네 사람으로 인정받았기 때문이었다.

"백억 원이라니까요."

상당한 금액과는 다르게 쿨하게 말하는 담용의 어조는 덤

덤했다.

"배, 백억?"

"백억!"

"우와! 배, 백억이래!"

하나같이 이구동성으로 내뱉는 말투도 믿기지 않는다는 태가 역력했다.

특히나 동생들은 무슨 딴 나라 사람의 말을 들은 것처럼 경악하는 표정이었다.

그럴 것이 곰방대 할아버지 내외와 도원과 정인은 복지관의 자금 중 거의 70퍼센트 이상을 지원하고 있었기에 놀람이 덜했지만, 동생들은 처음 듣는 말이었기 때문이었다.

"독지가가 대체 어떤 분이기에 그 많은 금액을 희사했단 말이냐?"

"에이, 할아버지도 참. 제가 벌어서 보탠 돈이 더 많다니까요."

"허, 그려?"

"예, 이번에 중국에서 좀 벌어 왔거든요."

"건설부에서 추, 출장 간 게 아니라 돈 벌러 갔더란 말이냐?"

"출장 간 건 맞지만 겸사겸사 뜻하지 않게 돈을 벌 기회가 있었어요."

"돈 벌 기회가 있었다니? 당최 뭔 말인지……?"

"아, 다 말씀드리지는 못하지만 정부와 정부 간의 거래가 있었어요. 그게 하필이면 부동산 쪽 일이라 실무 전문가인 제가 나선 거죠. 그런데 일을 하다 보니 빅딜을 다섯 건을 성사시켰거든요."

"비, 빅딜이라니, 그게 뭔 말인고?"

"아! 규모가 큰 부동산을 성사시킨 걸 두고 영어로 빅딜이라고 해요."

"그, 그걸 다섯 건이나 성사시켰다고?"

"예, 그래서 성과급으로 받은 게 꽤 돼요."

"허얼, 대체 얼마나 큰 거래였기에…… 그것도 열흘 새에 말이다."

"에이, 열흘 새에 어떻게 이루어져요. 오랫동안 사전 작업이 있었던 거죠."

백억 원이라는 거액의 수입원을 끼워 맞추기 위해 담용은 식은땀을 흘려야 했다.

"아무리 그래도 이 할애비는 도무지 이해하기가 어렵구나."

"저도요!"

제 딴에는 귀담아들었다는 표시인지 담민이 녀석이 곰방대 할아버지 말에 동조하고 나섰다.

"아무튼 그랬다면 수고했다. 백억이라니. 흠흠흠, 숨통이 확 트였구나, 허허헛."

복지관 자금이 모자랐던 것이 은근히 마음을 욱죄고 있었던지 그제야 곰방대 할아버지가 털털하게 웃듯이 심사를 털어 버렸다.

"에이참, 돈이 모자라면 진즉에 말씀하시지 그러셨어요?"

"인석아, 네가 이 할애비 입장이 되어 봐라. 그게 쉽게 나올 말인지."

"그럼 이제부터 일을 쉽게 하도록 만들면 되죠 뭐."

"어떻게?"

"건축 자금과 운영 자금 전부를 도원이에게 맡겨 버리세요."

"인석아, 할애비 아직 안 죽었다."

"그런 말이 아니잖아요. 도원이 저 친구는 제게 어려워하는 게 없으니 말하기가 편해서 그래요."

"오! 그래, 그 수가 있었구나."

무거운 짐을 당장이라도 떨쳐 버릴 수 있다는 생각에 조금 전의 버럭하던 것과는 달리 곰방대 할아버지의 안색이 활짝 폈다.

"안 그래도 이번에 신경을 좀 썼더니 심신이 편치가 않았는데…… 잘됐다."

"에이, 그래도 복지관은 할아버지가 안 계시면 중심이 안 잡혀요. 그러니 쉬실 생각은 마세요."

"인석아, 할애비도 그럴 생각은 전혀 없다. 얘, 도원아."

"예, 이사장님."

"인석아, 여긴 집이다."

"아, 예, 할아버지."

"잘 새겨들었지?"

"예, 이제부터는 제가 자금 일체를 관리하겠습니다. 모자라면 담용이를 닦달하고 쪼아서라도 채워 놓도록 하겠습니다."

"에구, 어째 의욕이 넘치는 네 말을 들어 보니 이게 잘하는 짓인지 모르것다."

"잘하시는 겁니다. 방금 들으셨잖아요? 고작 열흘 만에 백억을 벌어 왔다고 하지 않습니까? 하하핫."

"쯧쯔쯔…… 백조가 호수를 우아하게 가로지르며 유영하는 까닭은 물 밑에서 발을 부지런히 놀리기 때문이다. 백억이 뉘 집 애 이름도 아니고…… 백억 안에 얼마나 복잡하고 많은 사정이 있었겠느냐? 그러니 그걸 생각해서 소중히 쓰도록 하거라."

"옙! 명심하겠습니다."

"케헴, 그건 그렇고……."

뭔 말을 하려는지 큰기침까지 한 곰방대 할아버지가 앞에 놓인 녹차 한 모금을 들이켜고는 말을 이었다.

"기왕에 모였으니 할애비가 한마디 더 해야 쓰것다."

"……?"

"뭔 말이냐 하면…… 우리 집안에 뜸을 들이지 말아야 할 것들이 있어서이니라."

"할아버지, 그게 뭔데요?"

꼬집.

"악!"

담민이 나서자, 혜인이 허벅지를 꼬집었다.

"작은누난 왜 꼬집고 그래?"

"할아버지가 말씀하시는데 버릇없이 끼어드니까 그러지."

"우쒸."

"쉿! 조용."

담민의 입매가 비틀어지는 것을 본 혜린이 가만히 손을 잡아 주었다.

"어험험, 먼저 담용이 듣거라."

"예, 할아버지."

"혼인하거라."

"에?"

뜬금없이 혼인하라는 말에 담용이 정인을 힐끗 보고는 확인하듯 물었다.

"바, 방금 저더러 호, 혼인하라고 하셨어요?"

"그려. 왜? 싫으냐?"

"시, 싫다기보다 워낙 갑작스럽게 말씀하시니……."

"그럼 싫지는 않은 게로구나."

"하, 하지만……."

"당장 하라는 건 아니다. 정인이가 올해 아홉수에 걸려 있으니 내년이 좋겠구나."

정인의 나이가 스물아홉 살이라서 하는 말이었다.

"정인아."

"……네, 할아버지."

기어들어 가는 목소리로 간신히 대답하는 정인이다.

볼에 이어 목덜미까지 붉어지고 있는 정인은 이미 들은 바가 있는 듯한 표정이었다.

'에고, 할아버지가 이미 언질을 해 뒀구나.'

"오늘 집에 가거들랑 이쪽에서 이르면 내년 봄이나 늦어도 가을쯤엔 혼인을 하면 어떻겠냐고 여쭙더라고 전하거라."

"……."

"어허, 왜 대답이 없는 게냐?"

"아…… 네."

"그래, 다 큰 처녀가 결혼도 하지 않은 채 남정네 집에 자주 들락거리는 거 별로 보기 좋지 않다, 어험."

어째 헛기침을 하는 것으로 보아 진심으로 하는 말 같지 않게 들렸다.

이에 눈치 빠른 혜인이 딴죽 아닌 딴죽을 걸고 나섰다.

"할아버지, 그럼 정인 언니가 보고 싶을 때는 사무실로 가도 되죠?"

"흠흠, 관계자 외에 남의 직장에 함부로 드나드는 거 아니다, 커험."

"아잉, 할아버지도 참. 사람과 사람 관계를 어찌 칼로 무자르듯 딱 자를 수가 있어요. 그동안 정이 든 게 얼만데요? 저는 정인 언니를 하루라도 안 보면 못 살거든요. 그래서 매일 사무실로 갈 거예요. 그러니 말릴 생각은 마세요. 아셨죠?"

"저도 갈 거예요, 할아버지."

"에그, 영감, 우째 애먼 애들을 뭔 심사로 갈라샀소. 그새 노망이라도 난 게요?"

담민이까지 가세하자, 안성댁도 볼멘소리를 냈다.

"욘석들이! 에잉, 마음대로 하거라."

"에헤헤헷."

"히히힛."

승리의 V를 그리며 하이파이브까지 해 대던 혜인이와 담민이 약속이나 한 듯이 정인을 쳐다보았다.

정인은 얼굴을 발갛게 물들인 채 수줍은 미소로 화답했다.

곰방대 할아버지의 말은 계속됐다.

"케헴, 그리고 도원이."

"넵, 할아버지!"

"너도 혜린이를 데려갈 준비를 하거라."

"헤! 어, 언제요?"

"글쎄다. 담용이가 내년 봄에 혼인하면 가을에 하는 걸로 하고, 가을에 하게 되면 내후년 봄에 치르면 되겠구나."

"옙! 고맙습니다, 할아버지, 히히힛. 악!"

푼수처럼 헤헤거리다가 혜린이에게 허벅지를 꼬집힌 도원이 비명을 토했다.

"인석아, 좋아하기는 이르다. 아직도 혜린이를 자당께 인사도 안 시켰다며?"

"안 그래도 조만간 인사를 시킬 생각이었습니다. 길게 끌 것 없이 다음 주 일요일에 날을 잡겠습니다."

"그래야지. 하고 자당의 의사가 어떠신지 여쭤 본 후에 천천히 날을 잡아 보도록 하고."

"예, 말씀하신 대로 하겠습니다."

"단, 담용이보다 빨리는 안 된다."

"그건 혜린이가 더 반대하고 있어서 어림도 없어요."

"허허허, 그러냐?"

"예, 히히힛. 아악!"

BInDER
BOOK

안경태, 예비 아빠가 되다

(주)KRA.

대표실에서 유상현 사장과 이기주 부사장과의 구수회의를 끝낸 담용이 TF사무실로 오자 오늘 안내 데스크 당번인 한송이가 미소를 지으며 인사를 했다.

잠시 어딜 갔었는지 들어올 때 보지 못했었다.

"오랜만이에요, 팀장님."

"아, 잘 있었어요?"

"네, 저야 뭐……."

입을 살짝 가리고 웃음을 내비치는 한송이의 볼이 붉게 변했다.

'응? 분위기가 좀 달라진 것 같은데?'

오랜만에 봐서 그런가 했지만 꼭 그렇다고 볼 수 없는 묘한 기질의 변화가 느껴졌다.

빤히 쳐다보면 무안해할까 싶어 화장실 쪽으로 시선을 돌리며 머리를 굴려 보았다.

'뭐지?'

조금은 상기된 얼굴에 비록 두드러지게 표시는 나지 않았지만 예전보다 피부색이 전체적으로 밝아진 느낌이었다.

'어디…….'

슬쩍 시선을 맞추며 지나가는 말투로 입을 열었다.

"표정이 밝아 보이는 걸 보니 좋은 일이 있나 봐요."

동시에 나디로 한송이의 몸을 스캔해 봤다.

이제 이런 일은 자연스럽게 시전할 능력이 있는 담용이었다.

아, 투시법 같은 건 아니다. 투시법은 아직 궤도에 오르지도 않았지만, 설사 시전한다손 치더라도 차크라의 소모가 장난이 아니어서 이런 경우에 사용한다는 것은 미친 짓이다.

그저 나디로 몸 상태를 살펴보는 것뿐이었다.

"아이, 그런 거 없어요."

빠르게 진행하던 나디가 한송이의 아랫배에서 더 나아가지 못하고 잠시 지체를 했다.

아니, 살포시 감쌌다고 해야 맞다. 그것도 극히 조심스럽게.

'어? 뭐지?'

꼬물꼬물.

한송이의 아랫배에서 느껴지는 감각이었는데 무지 간지러웠다.

초음파 사진을 보면 아마 새끼손가락만 할까 싶은 움직임이었다.

"하하핫, 한송이 씨, 그거 알아요?"

"네?"

"내 표정이 좋아 보인다는 게 상대를 기분 좋게 한다는 거요."

꼬물꼬물 꼬물꼬물.

움직임이 활발한 걸 보니 남자애 같았다. 뭐, 여아일 수도 있고.

'틀림없는 아기야.'

처음 시도해 본 것이지만 이건 확실했다.

"제가 그렇게 보인다고요?"

"그럼 시커먼 저를 두고 하는 말 같아요?"

"호호홋."

손으로 입을 가리며 웃는 한송이의 표정이 조금 더 밝아졌다.

"그 표정 계속 유지하세요. 보기 좋네요."

"네, 팀장님, 감사해요."

"하하핫."

'안경태, 이 녀석은 이걸 알고나 있나?'

아마 모르고 있을 거라는 데 만 원 건다.

'여자한테 유독 둔한 놈이거든. 아니, 맹한가?'

물건을 분석할 때의 예리함은 어디다 처박아 뒀는지 그저 쩔쩔맬 줄만 아는 놈이 안경태였다.

'알려 줘야겠군.'

사실 미혼 여성이 임신을 했을 때, 남자에게 알리는 방식이 사람마다 다르겠지만, 한송이의 경우는 성격상 말도 못 꺼내기 쉬웠다.

'허락이나 받았나 모르겠군.'

아니, 인사나 시켰을까?

'쩝, 양가가 조금 차이가 질 텐데……. 뭐, 안경태가 알아서 하겠지.'

의외로 똥고집이 있는 녀석이니 생떼나 강짜라도 부리고도 남을 놈이라 걱정은 되지 않았다.

더군다나 제 자식을 가졌다는 걸 알면 집안에 초비상을 걸 놈이다.

'후후훗, 녀석을 좀 놀려 줘야겠군.'

어차피 조만간 알게 될 일이니 팀원들이 안다고 해도 별 상관 없다.

볼이 더 발개진 한송이에게 짧은 웃음을 던진 담용이 TF

사무실로 들어섰다.

덜컥.

"와아아-!"

짝짝짝짝.

문을 열자마자 들려오는 난데없는 격한 환호에 잠시 멈칫한 담용이 퍼뜩 무슨 생각을 떠올렸는지 되돌아서서는 한송이에게 말했다.

"한송이 씨, 피자 주문 가능해요?"

"그럼요."

"그럼 한송이 씨가 알아서 부서별로 피자 두 판씩 돌려요. 아, 대표님 방에도 한 판 돌리고요."

"네에-!"

한송이도 웬 떡이냐 싶었는지 대답 소리가 의외로 활기찼다.

그걸 빌미로 자기 자리로 가던 담용이 안경태에게 한마디 했다.

"안 과장은 연애하면서 피자 한 판 안 사 줬나 보네."

"아, 왜 또 보자마자 시빕니까?"

"한송이 씨가 피자 한 판에 저리 격하게 반기는 걸 보니 너무 짠해서 그러지."

"아쒸, 우린 피자보다 더 고급을 먹거든요?"

"오호! 한송이 씨가 잘 안 넘어오나 보지?"

"에? 그건 또 뭔 말입니까?"

"피자보다 고급을 사 주면서 꼬인다는 건 한송이 씨가 아직 안 과장한테 안 넘어갔다는 얘기잖아? 내 말이 맞지?"

"아뇨……."

담용이 실눈으로 째리며 이죽거리듯 말하는 것에 안경태가 어이가 없다는 표정을 하고는 턱을 치켜 올렸다.

"표정을 보니 정곡을 찔렸나 보네, 하하핫."

"킁, 아무리 그렇게 놀려도 이미 쌀이 익어 밥이 된 후라고요! 흥!"

"……!"

그 말 한마디에 모두의 시선이 안경태에게 한꺼번에 쏠렸다.

특히나 담용은 허리까지 숙이고 얼굴을 바짝 들이밀어서는 눈에 힘까지 주며 직시했다.

"어, 어. 왜, 왜 그런 눈으로 쳐다보는 겁니까?"

"안경태, 자네 보기보다는 강단이 있는 사람이었군그래."

툭툭툭.

"남자라면 응당 그래야 하는 법이지. 소식이 들려오면 기저귀 한 박스 보내 주도록 하지."

'나참, 이게 다 뭔 소리래?'

조금은 순진하다고 할 수 있는 안경태의 성격이고 보면 담용이 무슨 의도로 그런 말을 했는지 알아채는 데는 시간이 조금 걸릴 것이다.

안경태의 어깨를 다독여 준 담용이 돌아서면서 맞은편에 앉은 송동훈에게 눈을 찡긋했다.

눈치 빠른 송동훈이 대뜸 한 소리 내뱉었다.

"안 과장, 날은 언제쯤이냐?"

"야! 송동훈, 그 말 무슨 뜻으로 하는 거야?"

"나참, 얘가 왜 그리 눈치가 바닥이냐? 쌀이 익어 밥이 됐다며? 당연히 아기가 나오는 날을 말하는 거지."

"이, 이⋯⋯."

부르르르⋯⋯.

"이거나 먹어라!"

인상을 확 구긴 안경태가 쥐고 있던 볼펜을 획 던져 버렸다.

얼굴만 비틀어 슬쩍 피해 버린 송동훈이 또다시 비위를 긁었다.

"야! 남녀가 합방을 했으면 애기가 나오는 건 당연한 건데 뭘 그리 성질내고 그래?"

"짜샤, 말이 되는 소릴 해야지! 그러는 너는 산달이 언젠데?"

"어머머! 왜 난 또 걸고 넘어가는데?"

"너희 둘이 붙어 다닌 지가 언젠데 여태 소식이 없어서 그런다, 왜?"

"옴마, 옴마나. 야! 안경태! 말 함부로 할 거야?"

자리에서 벌떡 일어선 설수연이 손을 허리에 턱 얹고는 안경태를 죽일 듯이 째려보았다. 이미 얼굴은 물론 목덜미까지 발갛게 익어 있었다.

"젠장. 얘네들은 뻑하면 쌍으로 발광한다니까."

"크크큭, 안 과장, 억울하면 한송이 씨 델꼬 와서 같이 붙으면 되겠네. 그러면 공평하잖아?"

"아뇨, 한 과장님은 또 왜 그러세요?"

"나? 재미있을 것 같아서 그런다."

"에이씌, 관둬요, 관둬."

"마! 내가 농담은 좋아해도 없는 말은 하지 않아. 남녀가 좋아하면 사귀는 거고 사귀다 보면 서로 동침할 수도 있지. 그러다 운이 좋아 애기가 생긴다면 그만한 경사가 어딨다고 그래? 그건 순리라고, 순리! 발끈해서 화낼 일이 아니란 말이다."

"씨이, 그래도 중인환시에 노골적으로 놀려 대면 어떡해요?"

말이야 하나도 틀리지 않았지만 안경태의 불퉁하게 튀어나온 입은 들어갈 줄을 몰랐다.

"짜슥아, 팀원이란 게 뭐냐? 서로 속내를 털어놓고 고민은 반으로 나눠 줄이고 좋은 일은 배가시켜서 기쁨을 같이하는 사이잖아?"

"그래도…….."

"자, 자, 이제 그만하지. 팀장님도 왔으니 회의를 시작하자고."

유장수가 어른답게 정리를 하고 나섰다.

"팀장님, 시작하시죠."

"예."

여전히 입가에 웃음을 지우지 않은 담용이 깍지 낀 두 손을 턱에 대고는 안경태에게 말했다.

"안 과장, 때로는 말이다. 진실이 매우 가슴 아플 때가 있다. 그러나 그런 경우는 잘 알지 못하는 사람이나 아랫사람에게 들었을 때야. 하지만 나와 팀원들은 그런 것까지 같이 하려는 사람들이야."

"지금 말을 빙빙 돌리시는데…… 뭐, 뭔 말이 하고 싶은 겁니까?"

"간단해. 연인끼리 합방한 게 절대 부끄러운 일이 아니라는 거지. 나도 그랬으니까, 흠흠."

"에? 지, 진짜요?"

"이걸 가지고 거짓부렁은 왜 하겠어? 부끄러운 일도 아닌데."

"아, 아. 뭐…….."

"대신 한 가지 충고를 해 줄 게 있어."

"……?"

"이건 내가 경험한 거니 잘 들어."

"뭐, 뭔데요?"

"같이 잠을 잔 이후 한 달 정도가 지났으면 반드시 여자 친구에게 확인할 게 있다는 거지."

"예? 화, 확인요?"

"그래, 더 말해 주긴 그러니 여기까지 하자고."

"아뇨, 김새게 왜 뜸만 들이다 말아요?"

"내가 간단하다고 했지? 그러니 한송이 씨에게 물어보면 돼."

"……?"

여전히 여자에 대해 무딘 성격에 가까운 안경태는 이해를 하지 못하는 듯 머리만 갸우뚱거릴 뿐이었다.

'네놈은 이미 예비 아빠라고 짜샤. 부러븐 짜슥.'

입 밖에다 내고 나팔을 불고 싶었지만, 한송이 때문에 차마 입이 안 떨어졌다.

"자, 회의 시작합시다. 먼저……."

'에그, 멍 때리기는…….'

"어이, 안 과장, 정신 좀 차리지 그래?"

"아, 예."

"좋아, 안 과장부터 하도록 하지. MD빌딩 건의 매각 책임자가 누군지 밝혀졌나?"

뒤적뒤적.

담용이 책상 위에 놓인 보고서를 뒤졌다.

"보고서에 쓰인 대로 MD빌딩 매각 총책임자는 노성근 상무보입니다."

"근데 가격이 왜 이리 센 거야?"

보고서에 7억 6천만 달러로 적여 있어 하는 말이었다.

"우리가 가치 평가 한 금액이 7억 2천5백만 달러 아니었나?"

"맞습니다. 현재로서는 우리가 희망하는 매도 가격과 갭이 많지요. 그래서 폴린 멕코이 씨가 금액을 제시하면, 그때 흥정에 들어갈 예정입니다."

빈손으로 흥정만 할 수 없다는 얘기였고, 이 경우는 제대로 된 매수확인서가 반드시 필요하다는 것은 삼척동자도 아는 일이었다.

"공적 자금이 투입되는 시기는 언제지?"

"정확한 시일은 알 수 없었습니다만, 적어도 올해 안에는 투입될 거라는 정보가 있습니다."

"정보의 근거는?"

"노성근 상무보 입에서 직접 나온 말입니다."

"엉? 같이 술 한잔 한 거야?"

"아뇨."

"그럼?"

"제 사촌 형님의 도움을 받았습니다."

"뭐? 사촌 형님?"

"예, 사촌 형님도 직접 만난 건 아니고 친구분 중에 한 분이 노 상무보와 인연이 있어서 슬쩍 떠보게 해서 알았습니다."

우여곡절이 있었다는 얘기.

'오호! 제법인데?'

하긴 직접 보거나 한 것은 아니었지만, 안경태 집안이 원래 경제적으로 넉넉한 살림이라는 말을 듣긴 했다.

그렇다면 가계 중 한 사람 정도는 J그룹의 인맥을 찾는 것이야 그리 어렵지 않을 수도 있었다. 원래 끼리끼리 모이고 교류하는 법이니까.

"어려운 정보를 잘도 캐냈군. 수고했어. 공실률이…….
어? 그새 좀 줄었네?"

"며칠 사이에 변화가 조금 있었습니다. 32퍼센트이던 공실률이 26퍼센트로 줄었지요."

"흠, 폴린 멕코이 씨는 뭐래? 매입 가격은 받아 봤어?"

절레절레.

"내내 미적거리다가 그저께가 돼서야 하는 말이 팀장님이 오시면 얘기하겠답니다. 그러곤 입을 다물고 있는 중입니다."

"그래?"

"뭐, 저와 얘기하기에는 마뜩지 않았던 모양입니다."

"그게 아냐."

"그럼 뭐죠?"

"전권을 가지고 있는 것 같지 않아 보이니 패를 내보이기 싫은 거지. 뭐, 나라고 전권을 가지고 있는 건 아니지만, 원래 처음 대화를 했던 사람과 마무리를 하고 싶은 게 사람 심리지. 공동투자 부분은 얘기가 없었나?"

도리도리.

"거기에 대해서는 벙긋도 하지 않던데요?"

"흠, 그렇단 말이지."

본시 센추리홀딩스와 공동투자를 해 MD빌딩을 매입하자고 한 사람은 담용이었다.

그런데 공동투자에 대해 일언반구도 하지 않았다면 단독투자 구도로 갈 것으로 예상이 됐다.

'잘됐군. 어차피 공동투자는 트릭이었으니까.'

"차후에는 나와 같이 작업하도록 하자. 아, 난 필요할 때만 나서도록 할 테니, 계속 접촉해 줘. 아무튼 수고 많았어."

"뭐, 수고랄 것까지는 없었습니다."

"다음은 송 과장."

"예, 소소한 건은 서류에 기재되어 있으니 참고하십시오. 먼저 J빌딩 건은 거래가 완료되었습니다."

"아, J빌딩 건은 유 선생님께 보고받았어. 짧은 시간에 깔끔하게 끝내느라 두 사람……."

담용이 송동훈과 설수연을 번갈아 보고는 말을 높였다.

팀원이라지만 설수연이 여자였기에 함부로 하대할 수 없어서였다.

"수고가 많았어요. 덕분에 아침 회의 때 대표님께 칭찬을 받았어요."

"수고는요. 팀장님이 다 차려 놓고 간 밥상에 숟가락만 올린 건데요 뭐."

"하하핫, 뭐든 매조지가 중요하니 하는 말이죠. 자, 그럼 다음 건을 하나 줄 테니 작업해 보겠어요?"

"호호홋, 팀장님이 열흘 만에 나타났을 때는 그냥 오지는 않았을 걸로 생각했어요."

"아, 설수연 씨, 너무 기대는 하지 말아요. 이번 건은 물건을 물어만 왔지 나도 속속들이는 몰라요."

"그렇게 말씀하시니 갑자기 궁금해지네요. 어떤 물건이죠?"

"여기……."

담용은 얼씨구나 하고 미리 프린트해 놨던 A4 용지를 들고 흔들었다.

춘천시의 짓다만 아파트 단지 물건이었다.

설수연이 다가와 건네받더니 물었다.

"참고할 만한 건 없나요?"

"아, 양지로 나온 게 아니라는 것만 알아 둬요."

"호호호, 알음알음으로 나온 거로군요."

씨익.

끄덕끄덕.

"설마 매입자가 없는 건 아니겠지요?"

"그건 걱정하지 말고 작업만 잘해 와 봐요."

"호홋, 맡겨 주세요."

"아, 그 대신 한 가지 주의할 게 있어요."

"……?"

"작업을 한 달 이내에 끝내야 우리 몫이 될 수 있다는 걸 잊지 말아요."

2개월 후면 (주)BY가 매입하는 것을 알기에 해 주는 말이었다.

"한 달, 그게 키포인트로군요."

"그 이상 걸리면 우리 것이 아니라고 보면 됩니다."

"알겠어요. 뭐 춘천에다 방을 하나 얻어서라도 작업에 매진해 봐야겠네요."

"헐! 처녀 입에서 그런 무시무시한 말이 아무렇게나 나와?"

"안경태 씨, 남 걱정 말고 자기 앞가림이나 잘하시죠. 흥!"

"그래, 좋겠다. 아예 신접살림을 차려라. 거기 경치 좋은 곳도 많다는데 놀러나 가게."

"안 과장, 지금 회의 시간이다."

"아, 죄송합니다, 팀장님."

"죄송할 것까지야……. 다음은 유 선생님, 장영국 씨와 고미옥 씨는 연락이 없었습니까?"

두 사람은 지금 미국 디트로이트에 본사를 두고 있는 (주) 쥬봉에 HL건설 소유인 대전산업공단 내에 있는 공장의 매각 및 유치를 하기 위해 출장을 간 상태였다.

"디트로이트에 도착한 날부터 수시로 보고를 해 오고 있습니다. 쥬봉의 해외본부장부터 만나 볼 작정으로, 지금 알 만한 인맥들을 찾아보고 있는 중이랍니다."

끄덕끄덕.

"아마 시간이 좀 걸릴 겁니다."

쥬봉 건은 바인더북에 없는 사안이라 담용도 성공을 확신하지는 못했다.

당연히 HL건설과 쥬봉 간에 어떤 거래가 있었는지도 몰랐다.

그래서 자칫했다간 맨땅에 헤딩할 수도 있는 일로서 기대는 반반이었다.

"그 두 사람은 유 선생님이 계속 맡아 주십시오. 그리고 설 과장님."

"네."

"장영국 씨와 고미옥 씨의 몫은 챙겨 줬습니까?"

"네. 입금했다는 전화까지 해 줬어요."

"잘하셨네요. 비용도 신경 좀 써 주세요."

"호홋, 걱정하실 일은 없을 거예요."

"제가 이래서 설수연 씨를 좋아한다니까요, 하하핫."

말하기 전에 알아서 척척 해 주니 업무적으로는 참 든든한 팀원이었다.

"다음은 한 과장님."

"예. 먼저 추풍령 건부터 말씀드리지요. 말씀하신 대로 매입 대상자를 찾았습니다. 역시나 불사를 지으려는 목적입니다. 문제는 매도자 측에서 내놓은 금액에서 흥정을 해 달라는 요청입니다."

"가능합니까?"

"난관이 있습니다. 매도자 측도 한도까지 다운한 금액이라서요."

"그럴 겁니다. 그 문제는 잠시 더 두고 보죠. 가격을 다운시키는 것만이 능사가 아니니 말입니다. 근데 매입자 측에는 여유가 있는 편입니까?"

"그 속을 잘 모르겠습니다."

"원래 종교 분야의 거래는 잘해야 본전입니다. 희사하고자 하는 사람이 없으면, 결정권을 가진 사람이 아무도 없거든요."

원인은 애초에 신자들의 돈이기 때문이다.

사이비 종교라면 제멋대로 하겠지만, 정상적인 신앙 단체라면 어림도 없는 일이다.

"그러니 확실하게 자금이 마련되어 있지 않으면 거래를 하지 마세요."

"아, 그럴 만한 이유가 있습니까?"

"아뇨. 그게 깔끔할 것 같아서요."

"팀장님이 찜찜해하시는 것 같네요. 그럼 이렇게 하겠습니다. 매도자 측에서 매수자의 능력을 보여 달라고 요구하더라고요. 이를테면 자금표 말입니다."

자금표, 즉 매수할 금액이 기재된 통장을 말함이다.

이게 왜 필요하냐면 대다수의 종교 단체가 종교 부지를 매입하거나 건물을 지으려 할 때, 소요되는 총자금을 마련해놓은 이후에 진행하는 것이 아니기 때문이다.

일은 이미 저질러 놓고 필요한 자금을 그때그때 모금해 충당하는 형식이라, 기간이 늘어질 수밖에 없다.

즉, 추풍령 임야를 계약해 놓고 중도금 이후 잔금 기일이어쩌면 한없이 길어질 수도 있다는 얘기다.

"특히 용역계약서를 꼼꼼하게 작성해 수수료 받는 데 지장이 없게 하십시오."

"하핫, 잘 안 줍니까?"

"확실하게 해 둬서 손해날 건 없잖습니까?"

사실 잘 안 준다. 아니, 안 준다기보다 책임을 회피한다는 게 맞다.

물론 기억 저편의 일이긴 하지만 종교 단체와의 거래는 깔끔하게 끝난 적이 단 한 번도 없었다.

계약을 차일피일 미루기 일쑤다.

그러다가 어느 날 가 보면 입주해 있거나 건물을 짓고 있다.

환장할 일이지만 토지 주인이나 건물주와 용역 계약이 되어 있지 않은 이상 법적으로도 따지고 들지도 못한다.

왜 이런 일이 생기냐고?

거래 계약자가 있긴 하지만 누구도 책임지는 사람이 없다는 것이 첫째 이유였고, 신자나 신도 중에 부동산 전문가들이 있어서 그들을 통해 소개받아서 계약했다면 그만인 게 두 번째 이유다.

도의적 문제로 따지고 들면 되지 않냐고?

자기 소관이 아니라며 슬슬 회피하는데 누구와 무슨 말을 하겠는가?

설사 얘기가 된다고 해도 수수료를 받아 내기는 어렵다.

－부처님께 봉양한 걸로 하십시오.
－주님께 봉헌할 걸로 치십시오.

이렇게까지 말하는데야 수수료를 악착같이 받아 낼 마음

이 안 서는 것이다.

돌아설 수밖에.

물론 전부가 그런 건 아니겠지만 담용으로서는 기억 저편에서 세 번씩이나 당하다 보니 계약서를 꼼꼼하게 체크하라는 것이다.

뭐, 정 받아 내기 어렵다면 봉양이든 봉헌이든 희사할 마음이 있다는 게 솔직한 심정이었다.

'쩝. 한 과장님도 그런 일 하나쯤 당해 보는 것도 괜찮지.'

헛고생이 아니라 공부하는 것이다.

"팀장님, 판교 토지 작업은 포기해야겠습니다."

"아, 이유가 뭡니까?"

"이미 타 지역 사람들이 매입해 놔서 가격이 오르거나 팔지 않는답니다."

'어? 그럴 리가? 뭔가 바뀌었나?'

판교 토지를 확보하려는 것은 실버 사업을 착안한 데서 비롯됐다.

대부분 자연녹지 아니면 그린벨트여서 서울 근교에 위치해 있지만 용도의 제한으로 인해 발전이 더딘 지역이었다.

그런데 이미 타 지역, 즉 서울 사람들이 매입을 해 놨다니, 뭔가 틀어진 기분이었다.

'뭐, 바인더북, 아니 기억의 저편처럼 모든 것이 진행되리라 여기지는 않았지만…….'

바인더북

많이 당황스러웠다.

"그건 좀 두고 보죠. 다른 건 없습니까?"

"몇 가지 있습니다만, 아직 초동 단계라 조금 더 진행된 후에 보고를 드리겠습니다."

"일단 그렇게 해 주시고요. 조만간 일거리를 드리겠습니다."

"하핫, 기다리겠습니다."

불감청고소원이라 했다.

그러지 않아도 말하고 싶어 입에서 맴맴 돌던 참이었다.

그럴 것이 담용이 주는 오더라면 확신을 가지고 할 수 있는 일거리라 수입과 직결될 확률이 컸기 때문이었다.

자연 한지원이 기대에 찬 눈빛을 보내며 웃을 수밖에.

"대충 끝난 것 같으니 이따가 오랜만에 점심이나 같이 하죠. 단, 안 과장은 제외!"

"에? 왜, 왜 나만 빼요?"

"안 과장은 한송이 씨랑 식사하도록 해."

"어차피 저녁에 만나기로 되어 있다고요."

"그래도 안 돼. 조금 전에 말한 거 잊었어?"

"뭐, 뭘 잊어요?"

"나참, 내가 그랬잖아. 여자 친구와 같이 잠을 잔 이후 한 달 정도가 지났으면 반드시 여자 친구에게 확인할 게 있다고."

"그러니까 뭘 확인하라는 건데요?"

"아구우— 저 둔한 놈! 야! 안경태! 모르면 그냥 시키는 대로 하면 될 것 아냐?"

"씨불. 송동훈, 너…… 너는 뭘 알고나 지껄이는 소리냐?"

"너보다는 많이 안다. 그러니 끽소리 말고 나가서 한송이 씨하고 밥이나 처먹어!"

"저, 저게…….”

"특히 한송이 씨가 변한 게 있는지 잘 살펴보는 걸 잊지 말고. 알아들었어?"

"……?"

"자, 자, 다들 일봐요. 유 선생님은 저와 상담실로 가죠."

"예."

"예? 못 한다고요?"

"그러네."

"이유가 뭡니까?"

"이제 막 금감원이 자리를 잡고 일을 시작하려는 때에 책임 없이 자리를 박차고 나갈 수 없다는 게 이유의 전부더군."

"하!"

말이야 백번 옳지만 금융업 계획에 차질이 오는 게 영 달 갑지 않은 담용이다.

'일본 놈들이 제도권에 들어오기 전에 우리가 시장을 선점해 놔야 하는데…….'

선점을 한다는 것은 정말 중요한 일이다.

특히나 순수 국내 자본이란 점과 싼 이자, 즉 대출금리가 낮다는 것을 강조해야만 한다.

그것이 일반화되었을 때 비로소 일본 자금들도 영향을 받는다.

톡톡톡톡…….

중지로 탁자를 두드리는 담용이 고민에 잠길 때, 유장수가 말했다.

"이건 내 생각이네만……."

"어, 영입할 사람이 있습니까?"

"사람을 영입하는 것만이 능사가 아니라는 거지."

"예? 뭔 말입니까?"

"서평특수산업이라고 들어 봤나?"

"아뇨, 처음 듣는 상흡니다."

"아, 차라리 코리코프 상호신용금고라면 알아듣기 쉽겠군. 자회사니까."

"그거라면 이름은 들어 봤습니다."

가끔 선전을 해 대니 모를 수가 없다.

순수 국내 자본이라는 것도 그때 알았다.

"하면 혹시 인수……?"

절레절레.

"금융업이란 사업의 성격만 봐도 창립하는 데 시간이 걸릴 수밖에 없네."

"그렇긴 하죠."

"그렇다면 같이 동승해서 가는 건 어떤가?"

"아!"

담용은 둔기로 머리를 한 대 얻어맞은 기분이었다.

'이런 멍청이 같으니…….'

왜 독립적으로 할 생각만 했을까?

"코리코프 상호신용금고와 말입니까?"

"그러네."

"얘기는 나눠 봤습니까?"

"얘기를 나눴다기보다 마침 지인이 한 명 있어서 우연히 만난 것처럼 하고 식사를 하다가 슬쩍 운을 떼 본 것뿐이네."

'그게 어디야.'

담용의 마음이 급해졌다.

"그쪽에서는 뭐라고 합니까?"

"조건만 맞으면 투자받을 용의는 있는 것처럼 말을 내비치긴 하더군."

"투자요? 경영 참가는 아니고요?"

"그건 얘기가 구체화됐을 때나 나와야 할 사안이지."

"그렇군요. 제가 성급했습니다."

'에고, 오늘 내가 왜 이러나?'

너무 마음만 앞서는 것만 같아 잠시 뜸을 들인 담용이 말했다.

"거기까지 얘기가 되려면 뭐가 필요하겠습니까?"

"그야 나라면 우선적으로 믿을 만한 회사인지, 아니면 개인 자산가인지를 알고 싶어 하겠지."

"맞는 말이네요. 혹시 조사한 건 있습니까?"

"대충밖에는. 그래도 비밀을 요하는 것 같아 자네 이메일로 보내 놨네."

"아, 잘하셨습니다. 자본금은 얼마던가요?"

"서평에서 독립한 (주)코리코프만 62억 9천만 원이더군."

원래 이렇게 적은 자본금으로 출발한다.

RS캐시든 바와머니 같은 일본 자금들도 고작해야 2백억 원으로 시작했으니까.

그 2백억 원이 머지않은 장래에 조兆가 넘어가니, 서민들이 얼마나 피눈물을 흘렸겠는가?

"지금이야 뭐…… 자산을 꽤 불렸을 테지만."

"돈놀이니까요."

돈 주고 돈 먹는 사업이 돈을 벌지 못한다는 건 말이 안 된다.

"코스닥 상장된 회사라는 건 알고 있나?"

"어? 신용금고회사가 상장을요?"

"가끔 선전에 나오는데 못 들었나 보군. 현재까지는 별로 유망한 업종은 아니네."

"그렇겠죠. 하지만 투자하기는 괜찮아 보이네요."

"그래도 경영권 사수에 필요한 몫만큼은 틀어쥐고 있을 테지."

"그거야 뭐…… 아무튼 일을 시작해 보도록 하죠."

"본격적으로 하라고?"

"예, 자금표는 곧 만들어 드릴 테니, 그때부터 접촉하세요."

"알았네."

"곧 일본 자금이 제도권으로 들어올 테니, 시간이 많이 없습니다."

"말하던 중에 안 일인데, 그들도 낌새를 채고 있는 것 같았네. 은근히 조바심도 내보이는 것도 같았고."

"그 계통에서도 정보가 없을 수 없겠죠."

"근데 굳이 금융업에 발을 담가야 하는 목적이 뭔가?"

"아, 싼 이자로 서민들을 도울 작정입니다."

"금리를 싸게 한다고?"

"예. 조만간 일본 자금이 진출하게 되면 연 이자가 48퍼센트 이상 치솟게 됩니다. 저는 그걸 막으려고 하는 거죠."

바인더북

"헐."

"물론 지금 소요가 막대하리란 걸 모르지 않아요. 그래도 해야만 합니다. 돈을 벌기 위한 목적이 아니니까요."

"끙, 설득하기 쉽지 않겠군."

"수익은 충분히 보장될 겁니다. 1차 자금표가 5천억 원짜리니까요."

"……!"

담용의 말에 유장수는 자신이 잘못 들었나 하는 표정이 역력했다.

"왜요?"

"바, 방금 얼마라고 했나?"

"5천억 원요."

"헛! 차, 참말인가?"

"하하핫, 거짓을 말해서 통한다면 아예 공 하나를 더 붙여서 5조 원이라고 하고 싶네요."

"그렇게 말하니 진심으로 느껴지는군."

"하핫, 믿으셔도 됩니다."

"자금 출처에 대해서는 걱정할 필요가 없겠지?"

"그것도 안심하시고요."

사실 5천억 원은 담용의 몫이었지만, 국정원이 뒤에서 서포트를 하고 있으니 걱정할 게 하나도 없다.

더군다나 의도가 건전하니 정부에서도 권장할 일이라 거

리낄 게 아무것도 없다.

여기에 콩고물을 노리고 달라붙는 놈이 있다면, 그날로 평생 누워서 밥을 먹어야 할 것이다.

"언제쯤 손에 쥘 수 있는가?"

유장수로서는 담용의 돈이라는 것을 꿈에도 모를 것이니 그 부분이 걱정될 수밖에.

"곧 그쪽과 만나기로 했습니다. 날짜는 이따가 연락을 드릴 수 있을 겁니다. 아마 이삼일쯤 지나면 받을 수 있을 것으로 압니다."

페이퍼 컴퍼니에 들어가 있는 돈이라 이삼일 정도 지나야 시중은행 통장에 찍힐 것이다.

"거참, 마치 도깨비에 홀린 기분이군."

"다음 얘기는 자금표를 손에 쥐고 난 후에 하죠. 그 전에 미리 합당한 금리를 계산해 보시는 것도 좋겠네요. 일도 제대로 못 해 보고 폭삭 망해서는 곤란하지 않겠습니까? 하하핫."

"생각해 둔 금리는 있는가?"

"시중은행 금리가 8퍼센트 내외니까 12퍼센트나 13퍼센트 대면 충분할 것 같은데……. 뭐, 이건 제 생각입니다."

"그런 금리라면 대출자는 제2금융보다 싼 이자를 쓰는 셈인데, 이 말이 뭘 뜻하는지 알긴 하나?"

"후훗, 사람들이 구름같이 몰려오겠죠."

아마 그러고도 남을 것이다.

"코리코프의 시스템도 손봐야 한다는 얘기로군."

"아울러 대환 대출도 겸해야겠지요."

"대환 대출?"

"잘 아시잖아요?"

"뭐, 대출을 갈아타는 건지는 알지만…… 그게 쉽게 될지 의문이네."

"뭘 걱정하는지 압니다. 직원들이 직접 확인하고 대신 갚아 주는 역할까지 해야 하니, 할 일이 늘어나긴 하겠지요."

"아! 직접……."

"하핫, 대출자에게 맡겼다가 애먼 곳에 써 버리면, 우리도 받아 낼 길이 막연해지잖아요."

"맞아, 그런 수가 있었군."

"금리가 10퍼센트대 언저리라면 48퍼센트대의 금리는 금세 도태되겠지요?"

"그게 목적이라면 효과는 분명히 있네. 하지만 늘 그렇듯 이자 무서운지 모르고 써 대는 사람들도 있기 마련이라네."

"저는 그런 사람들까지 구제할 생각은 없어요. 12~13퍼센트도 최소한의 보전 장치를 위한 것이니까요."

"게다가 거기서 나온 수익의 일부를 코리코프에 할당해 줘야 하니, 남는 건 직원들 월급밖에 없겠어."

"돈을 벌려고 시작한 게 아니니까요."

말처럼 금융업을 하고자 하는 이유는 단순한 데서 출발한 것이다.

어차피 일본 자금을 강탈한 돈이다. 그 자금으로 일본 금융업자들이 돈을 쓸어 담는 걸 방해할 목적이었으니까.

"그건 그렇고…… 장모 되시는 분은 좀 어때요?"

"그저 그래. 어차피 노환이신걸. 미래 씨가 고생하고 있지."

"자주 찾아봅니까?"

"허헛, 미래 씨가 보고 싶어서라도 자주 들여다봐야지 않겠나?"

'풋! 사랑에 나이는 숫자일 뿐인가?'

뭐, 보기 싫지는 않다.

"의도는 대충 알았네. 그걸 근거로 해서 접촉해 보도록 하지."

"아, 만약 일이 잘된다면 코리코프의 감사를 맡아 주셔야 합니다."

"뭐? 내, 내가?"

"예, 역량은 충분하시잖아요?"

"이 일은 어쩌고?"

"겸하는 거죠, 뭐. 하하하…….."

"응, 월급을 배로 받아야겠군."

담용의 제안이 결코 싫지 않았는지 유장수가 거절은 하지 않았다.

"이제 식사나 하러 가지요."

"벌써 때가 됐군. 오랜만에 팀장과 밥을 먹는군그래."

"오원가든으로 가죠."

"거기가 좋긴 하지."

서류를 챙긴 유장수가 나가더니 소리쳤다.

"모두 식사나 하러 가자고. 아, 안경태는 끼워 주지 마."

"하하핫, 안 과장은 이미 한송이 씨를 끌고 튀었어요."

"좋을 때지. 가자고."

"넵!"

BINDER
BOOK

북한의 협박

국정원 1차장실.

구내식당에서 점심식사를 마친 김덕모 차장이 사무실로 들어서자마자 전화기를 든 비서가 말했다.

"차장님, 랭리 한국지부장입니다."

"그래? 전화 돌리게."

빠른 걸음으로 자신의 개인 집무실로 간 김덕모가 빨간 점등이 깜빡거리는 버튼을 누르고는 전화기를 들었다.

"김덕모요."

—아, 오랜만입니다, 차장님.

"그래요. 얼굴을 본 지 제법 되었지요?"

—하핫, 때론 한정식이 그리울 지경입니다, 하하하……

"언제 시간을 내보십시다. 거하게 대접하겠소이다."

─오호, 그거 기대가 되는군요.

"그래, 안부나 전하려고 전화를 주신 건 아닌 것 같고……
용건을 들어 볼 수 있겠소?"

─아, 그럼요. 먼저 등강 앞바다의 무기 밀거래는 우리가
무효화시켰다는 소식을 전해 드립니다.

"호오, 지금 그쪽이 난리라는데, 당신들로 인한 일이었구
려."

─아마 그럴 겁니다. 덕분에 아까운 인재 두 명의 희생이
있었지요.

"저런! 고인의 명복을 빌며 그 가족들에게 심심한 위로를
전하오."

─감사합니다. 그들도 뿌듯해할 겁니다. 어느 목숨이 귀하
지 않겠습니까만, 그 두 사람은 아국에서 특별히 아끼던 인
재들이라 더 안타까울 뿐입니다.

"그 두 분을 위해 우리가 해 줄 일이 있다면, 기탄없이 말
씀하시지요. 힘닿는 데까지 돕겠소이다."

─말씀만이라도 고맙습니다.

"그 외의 일도 관여한 겁니까?

공안국 폭발과 119무경사단 폭발을 두고 한 말이었다.

─그건 좋을 대로 생각하십시오, 하하핫.

시인도 부인도 아닌 두루뭉술하게 넘어가는 애매한 말투

바인더북

다.

—그리고…….

"허헛, 우리 사이에 꺼릴 게 뭐가 있다고 그러시오? 뭐든 말씀하시오."

—그렇게 말씀해 주시니 말하기 편하겠군요. 선양지부장을 조속히 파견해야 할 것 같아서요. 편제가 무너지다 보니 업무 협조가 유기적이지 못해 지장이 많습니다. 특히나 이번 둥강 앞바다의 일 역시 국정원의 협조가 있었다면 희생은 없었을 것으로 압니다.

"아, 그 일은 이미 준비가 완료되어 있는 상탭니다. 다만 중국이 아직 송수명 요원의 행방에 대해 이렇다 저렇다 말이 없어 잠시 더 기다려 보고 있는 중입니다."

—그래서 드리는 말입니다만, 송 요원의 문제를 두고 거래를 하면 어떻겠습니까?

"거래라면…… 뾰족한 수가 있습니까?"

—그 전에 우리와 공조를 하는 문제부터 협의해야 할 겁니다.

"예? 공조라뇨?"

—어차피 국정원 측에서는 선양지부장이 공석인 상태이니 새 인물을 파견해야 하지 않겠습니까?

"그야…….

—우리 측에서 요구하는 건, 선양지부장에 우리 요원을 선

임해 줬으면 합니다만…….

"예에? 그, 그게 무슨 말이오?"

이 무슨 귀신 씻나락 까먹는 소린가?

CIA 요원을 국정원 요원으로 해 달라니. 그것도 선양지부장이란 중요한 보직으로 말이다.

이건 내정간섭보다 한 단계 더 나아간 요구나 다름이 없었다.

ㅡ아, 갑작스러운 제안이라 당황하실 겁니다만, 사정은 이렇습니다. 실질적인 지부장이야 국정원 요원이 담당하는 건 당연합니다. 그러나 대외적으로는 우리 요원을 내세워 줬으면 하는 거지요.

'그렇다면야…….'

첩보 계통에서 동맹국 간에 작전의 중요도에 따라 요원을 가장하는 등의 교류는 아주 없는 일은 아니었으니 김덕모는 조금 더 들어 보고 싶은 심정으로 물었다.

"흠, 그럴 일이 있다는 뜻이군요."

ㅡ뭐, 이 바닥이 비밀을 먹고사는 동네라 세세하게 말씀드릴 수는 없습니다만, 결정적인 순간이 온다면 서로 공조하는 걸 원칙으로 한다는 약속을 드리지요.

"제안은 잘 알아들었습니다. 윗선에 보고를 하고 협의해서 조만간 답을 드리지요. 구체적인 얘기는 그때 하지요."

ㅡ잘 부탁드립니다.

바인더북

"뭘요. 이번 대통령 선거로 인해 심적으로 많이 힘드실 텐데 이리 신경 써 주신 것에 대해 감사를 드립니다."

─별말씀을요.

"그럼……."

─아! 잠시만요. 이쪽으로 오고 있는 이민혁 대좌 말입니다.

'윽, 이건 또 어떻게 알았지?'

시종일관 무덤덤한 표정을 유지하던 김덕모 차장의 얼굴이 일시에 일그러졌다.

하지만 상대가 알고 있다면 쿨하게 인정하고 들어가야 했다.

그리고 기왕에 줄 거라면 홀딱 벗어 주는 게 낫다.

판단은 금세 끝났다.

"아, 이민혁 대좌 말씀이군요."

─예, 소속이 어딥니까?

"그걸 꼭 알아야 할 일이 있습니까?"

─지금 우리 핵잠이 서해안에 은신하고 있습니다.

'헛! 어느새…….'

김덕모는 깜짝 놀랐다. 그러나 그 이유까지 모르지는 않아 얼른 입을 열었다.

"이번 둥강 앞바다 사태 때문이군요."

─아닙니다. 119무경사단 폭발 때문입니다. 폭발의 규모

가 대단해서 만일의 경우에 대비해 급파됐지요. 그러다가 둥
강 앞바다의 폭발을 직접 목격한 겁니다.

'끙, 귀신같은 정보력도 놀라운데 선조치도 엄청나게 빠르
군.'

뭐, 정보력이야 익히 짐작하고 있던 것이지만 이미 핵잠까
지 서해에 똬리를 틀고 앉았다는 건 국정원 1차장인 김덕모
조차도 경악할 일이었다.

김덕모가 잠시 뜸을 들이자, 애덤이 말을 이었다.

─정체가 뭔지에 따라 핵잠을 움직일 수도 있습니다
만……

"총정치국 소속이라 들었소."

─호오! 노동당 실세 집단의 장교로군요. 그것도 고급장교
요.

"입국해 봐야 정확한 걸 알겠지만, 현재까지 들어온 소식
은 그렇다고 하오."

─이거 근래에 드문 요인이 탈북했군요. 기대가 큽니다,
하하핫.

뭐가 그리 만족스러운지 애덤이 크게 웃어 댔다.

그럴 것이 북한 총정치국은 군부 조직이면서도 군부 내 사
상 동향 등을 내사 및 점검하는 등 노동당의 군부 통제를 실
질적으로 집행하는 기관이다. 그러니 수집할 정보가 넘쳐 날
것이 기대가 되기 때문이었다.

그것도 무려 대좌급이었으니 고급 정보를 취합할 수 있을 것이다.

하지만 그냥 숟가락만 올릴 수는 없는 법. 당근책을 제시했다.

─차장님. 이 대좌를 추적하기 위해 지금쯤 북한의 특수부대가 동원됐겠지요?

"아마 그럴 게요."

─그럼 이렇게 하지요. 우리 선양지부 요원의 협조하에 이 대좌와 그 가족 그리고 탈북자 마흔세 명과 허교익 박사, 그의 가족들까지 핵잠에 태우기로 말입니다.

"허어, 그게 가능하겠소?"

─선양지부에 캐멀이란 요원이 제법 능력이 있는 친굽니다. 허락만 하신다면 곧바로 연락해 탈출을 감행할 수 있습니다.

'쩝, 이미 준비를 다 해 놓은 상태에서 응하기만 하면 된다는 얘기로군.'

뭐, 손해 볼 것은 없었다.

이미 다 파악하고 협조를 구하는 일이니, 여기서 거절해봐야 마음만 상할 뿐이다.

"시간이 그리 많지 않음을 모르지 않으니, 곧 연락을 드리리다."

─자리에서 꼼짝 않고 기다리겠습니다.

끝까지 부담을 주는 말에 김덕모가 눈살을 찌푸리며 전화기를 놓았다.

똑똑똑.

노크와 동시에 문이 열리고 이정식 과장이 들어섰다.

"차장님, 제로가 도착했습니다."

"어? 그래, 밀실인가?"

"예."

"다른 분들은?"

"밀실 앞에서 기다리고 계십니다."

"제로를 빨리 만나 보고 싶군."

기다리던 담용의 방문에 찌푸려졌던 얼굴을 언제 그랬냐는 듯 활짝 편 김덕모가 서둘러 집무실을 나섰다.

김덕모 1차장이 애덤과의 통화를 끝낸 그 시각, 그러니까 한국 시간으로 오후 3시경이다.

공교롭게도 미국 뉴욕에 위치한 유엔 본부 미국 대사관에는 전화기가 맹렬하게 울리고 있었다.

새벽 2시의 전화벨 소리는 경비당직실에서 신문을 보고 있던 스탠의 이맛살을 한껏 찌푸리게 했다.

'에이, 귀찮게시리…….'

얼핏 보니 일반 회선이었다.

'이 시간에 무슨 전화야?'

"예, 미국 대사관입니다."

─여기 북조선 대사관의 김강묵 참사관이오. 거기 책임자 좀 바꾸시오.

'아니, 뭐 이런 무례한 작자가 다 있어?'

새벽 2시에 전화를 해서는 다짜고짜 책임자를 바꾸라니. 그것도 시비를 걸듯 화난 목소리로 말이다.

자연 대꾸도 불퉁할 수밖에 없었다.

"아니, 이 시간에 누굴 바꾸란 말이오?"

─아, 바꾸라면 바꾸지 뭔 말이 그리 많소? 거기 당직 책임자라도 있을 거 아니오?

"새벽 2시에 전화 건 용건이 뭡니까? 내용을 알아야 바꿀 것 아니오?"

─흥. 그렇게 뻗대 봐야 좋은 꼴 못 볼 테니 어서 책임자를 바꾸시오, 후회하기 전에.

"나참, 기다리시오."

절로 화가 나게 만드는 불쾌한 목소리에 순간 욱했지만 스탠은 '후회'라는 말에 심상치 않다는 것을 느끼고는 당직실 버튼을 눌렀다.

당직실에서 쪽잠을 자고 있던 스웬슨 참사관이 인터폰 소리에 벌떡 일어나서는 수화기를 들었다.

"어, 스탠, 무슨 일인가?"

－스웬슨 참사관님, 북한 참사관이란 자가 전화를 걸어서는 다짜고짜 책임자를 바꾸라고 합니다.

"뭐? 북한? 북조선 말인가?"

－예, 매우 화난 목소리였습니다. 후회하기 전에 책임자를 바꾸라고도 했고요.

"알았네. 전화를 돌려 주게."

－예.

잠시 후, 전화가 연결됐다.

"미 대사관의 스웬슨 참사관입니다."

－나는 북조선의 김강묵 참사관이오.

"이 새벽에 무슨 일로 전화를 한 겁니까?"

－길게 얘기할 것 없으니 내용만 간단하게 전하겠소.

"……?"

－그대들이 중국 단둥 둥강 앞바다에 밀파한 두 명의 특수 대원이 우리 북조선의 선량한 고기잡이 어선을 폭파하려다 죽임을 당했소. 조각난 시체를 우리 북조선에서 보관하고 있다는 걸 알려 주는 바이오. 이 문제로 곧 유엔이 시끄러워질 테니, 그리 아시오. 아, 참고로 둘 중 한 명은 노랑머리라는 걸 알아 두시오. 끊겠소.

뚜뚜뚜뚜…….

"하! 뭐, 이런……."

일방적으로 통보하듯 말한 것도 불쾌한데 전화까지 제멋대로 끊어 버리는 작태에 스웬슨의 얼굴이 휴지처럼 구겨졌다.

그러나 그것도 잠시 퍼뜩 기억나는 내용이 있었는데, 미국 특수대원 두 명이 임무를 수행하다가 참사를 당했다는 부분이었다.

'작전이 있었나?'

당연히 자신의 소관이 아니었으니 알 도리가 없다.

'젠장, 이럴 때가 아니군.'

이때부터 스웬슨의 손과 입이 바빠지기 시작했다.

잠은 이미 저만치 달아나 버렸다.

BIIIDER
BOOK

우리만 진실이 뭔지 안다

국정원 밀실.

"육 담당관, 정말 수고가 많았네."

밀실로 들어서는 순간, 자리에서 일어서는 담용을 보고 달려들듯 다가서며 김덕모가 손을 내밀었다.

"할 일을 했을 뿐입니다."

"허허헛, 듣기 좋은 말이군."

털털한 웃음이었지만 진정이 묻어나는 것을 알 수 있는 김덕모의 환대에 담용도 미소로 화답했다.

"고생이 많았네."

"수고했으이. 들을 말이 너무 많을 것 같군."

2차장인 조택상에 이어 3차장 최형만이 다가서며 담용의 어깨를 툭툭 쳤다.

"자, 다들 앉읍시다. 난 궁금해서 안달이 난 지 오래라오."

"허허헛, 그건 저희도 마찬가지지요."

차장들이 자리에 착석하자, 담용도 마주 앉았다.

먼저 입을 연 사람은 김덕모였다.

"좀 쉬었는가?"

"예, 피로는 풀렸습니다."

"다행이군. 듣고 싶은 말이 많다네. 소식은 들려오는데 연락이 거의 끊기다 보니 영문을 알아야 말이지."

"민감한 문제가 있어서 보고서는 따로 작성하지 않았습니다."

"그거야 그럴 만한 내용이라면 상관없네."

"그럼 구두로 보고드리겠습니다. 먼저 족제비 사냥은 끝냈습니다."

"역시……."

"족제비를 추적하는 과정에서 북한 총정치국 대좌인 이민혁을 우연히 구출하게 됐습니다. 삼지연교역 지하실에 갇혀 고문을 받고 있더군요. 문제는 탈북자 마흔세 명과 함께 원활히 탈출할 수 있느냐입니다. 지금 무시무시한 경계망이 펼쳐져 있는 상황이거든요."

"탈출 문제는 걱정하지 않아도 될 것 같네."

"그렇다면 다행이지만 쉽지 않을 겁니다."

조택상의 말이었다.

"아, 방금 여기 오기 전에 애덤에게 연락이 왔었소."

"뭐라고 말입니까?"

"이민혁 대좌의 정보를 공유하자는 조건으로, 핵잠으로 탈출시키겠다더군요."

"해, 핵잠이라뇨?"

"이미 서해안으로 진출해 있었나 보군요."

"최 차장의 말이 맞소."

"뭐, 가끔 그런 일이 있어 왔으니 새삼스러운 일은 아닙니다만, 이번은 어째 딱 맞춘 것 같은 냄새가 나는군요."

"딱 맞춘 건 아닌 것 같소. 119무경사단의 폭발 때 출발했는데, 도착했을 당시 때마침 둥강 앞바다의 폭발을 목격하게 됐다고 하오."

"잘됐네요. 핵잠으로 탈출할 수 있다면 그만큼 안전하니 말입니다."

"오케이 사인을 냈습니까?"

"어차피 정보를 독점할 수는 없는 일이니 도움을 받는 게 낫다 싶긴 한데, 두 분과 의논해서 연락한다고 했소이다."

"이건 서두를 문제지 지체할 일이 아닙니다."

"두 분이 반대하지 않는다면 회의가 끝나는 대로 응낙하지요. 육 담당관, 계속하게."

"예, 119무경사단의 폭발은 좀 의외였습니다. 원래는 둥강 앞바다에 잠수하기 위해 무경특전대가 사용하는 오리발과 잠수경을 탈취하려던 것이었습니다."

"헐."

"침투가 정말 힘들었습니다. 그래서 그냥 나오기 좀 억울해서 무기고를 폭발시킬 생각을 했습니다. 뭐, 생각했던 것보다 폭발의 규모가 컸긴 했지만…… 후회하지는 않습니다."

"폭발이 대단했다고 들었네. 그럴 만한 까닭이 있었는가?"

"예, 여기……."

담용은 24-MIRV라고 적혀 있는 몇 개의 태그를 건네며 말을 이었다.

"이 태그는 119무경사단, 그러니까 지휘부 앞의 창고에 있던 하드 케이스에서 떼어 온 겁니다."

"흠, 메이드 인 러시아로군."

"추측이긴 합니다만 엄청난 폭발은 아마 그 태그가 달려 있던 폭탄 때문이 아닌가 여겨집니다. 물론 무기고에 다량의 범용 폭탄과 미사일이 있었습니다만, 선양시 일부를 흙더미로 뒤덮어 버릴 정도는 아니었습니다."

에둘러 말한 것이지만 24-MIRV에 대해 확실하게 알아볼 필요가 있다는 얘기였다.

"전문가에게 알아보도록 하겠네. 둥강 앞바다의 일을 말해 보게. 애덤의 말대로라면 우린 한 일이 없는 것 같은데.

맞나?"

"후후훗."

"왜? 아닌가?"

"제가 말하는 대로 믿으시겠습니까?"

"믿지. 아암, 믿고말고."

"그렇다면 말씀드리지요. 미국에서 둥강 앞바다의 무기
밀거래를 저지하기 위해 에스퍼 두 명을 파견했었습니다."

"엉? 에스퍼를?"

"그것도 두 명씩이나?"

"저, 정말인가?"

"예, 이름은 머셔와 위버였습니다. 혹시 알고 계셨습니
까?"

"아, 그 두 사람은 지난달 27일쯤에 출국했다는 걸 확인했
네."

"그 두 사람이 바로 에스퍼였습니다. 막연한 추측이긴
하지만, 아마 저를 추적해서 중국으로 오지 않았나 여겨집
니다."

"엉? 추적이라니, 그, 그게 무슨 말인가?"

"그냥 그렇게 느껴집니다."

"막연한 추측이라지 않았는가?"

"초능력자들에게는 그들만이 느끼는 감응이란 게 있습니
다. 동종 인간의 본능 같은 거지요. 아니면 돌연변이끼리 통

하는 기운이 있다고 할까요? 그 두 사람은 그걸 감지하고 저를 따라온 걸 겁니다."

"으음, 그럴 수도 있겠군."

"저는 그 두 사람을 둥강 앞바다 해안에서 처음 봤습니다. 아, 그들은 저를 보지 못했고요. 그리고 그 두 사람을 보호하기 위해 파견된 가드가 있었는데, 제게 제압되었죠. 이름이 도리안 쑨스케로 일본계 미국인이었습니다."

"쯧, 미국은 에스퍼들을 보호하는 일에 투자를 아끼지 않는군. 우린 자네를 방치하고 있는데…….."

김덕모의 표정에 미안한 기색이 살짝 스쳐 갔지만, 담용은 가타부타 말하지 않고 할 말만 했다.

"결론부터 말씀드리자면, 두 사람의 공작은 실패했습니다."

"뭐……라? 시, 실패했다고?"

"예, 분명히요."

"애덤의 말로는 그게 아니었네. 둥강시가 물에 잠긴 것도 그렇고…….."

"CIA 측에서는 당연히 그렇게 나와야 할 겁니다. 저란 존재를 모르고 있으니까요."

"흠, 장렬한 전사로 여긴단 말이 그래서 나왔군."

"허헛, 우리만 진실을 알고 있는 셈이로군그래."

"육 담당관, 자세히 좀 들어 보고 싶으이."

"예, 수중 장비를 갖춘 두 사람이 먼저 바다로 뛰어들었습니다. 저는 1백 미터 정도 뒤에서 그들의 뒤를 따랐고요. 수심계로 잰 깊이는 20미터였습니다."

"자네 장비는?"

"제 수단껏 마련했지요."

"흠흠."

당시 상황에 대해 조금 들은 바가 있는 듯한 눈치였다.

기본 장비 하나 준비해 주지 않고 지시만 내렸으니 입이 백 개 있어도 할 말이 없을 것이다.

그렇지만 담용은 이미 지난 일에 연연할 만큼 옹졸하지 않아 말을 계속 이어 갔다.

"무기 밀거래 지점에서 대략 2백 미터 떨어진 곳에 당도했을 때, 느닷없이 폭발이 연달아 일어났습니다."

"폭발이라면?"

"소형 폭뢰였습니다."

"목적지에 가기도 전에 이미 발각이 된 거로군."

"맞습니다. 놈들이 주위에다 기뢰와 함께 부이를 설치해 놨었습니다. 저는 부이에 소나를 설치해 놓은 것으로 결론을 짓고 무호흡으로 목적지까지 갔습니다."

"탐망부이로군."

"어? 최 차장님은 알고 계셨습니까?"

"귀순한 북한 해군 장교에게 들은 적이 있네. 북한에서 직접 개발한 것으로, 성능이 무척 뛰어나다더군. 호흡기에서 나는 기포음까지 잡아낼 수 있다고 했네."

"그 말이 틀린 것 같지는 않더군요. 기뢰 아래로 노끈 같은 것이 늘어져 있었으니까요."

"그 노끈에 미세한 집성기 칩이 심어져 있었을 걸세."

"그나저나 2백 미터를 무호흡 상태로 헤엄쳐 갔다니…… 그게 가능한가?"

"제겐 일도 아닙니다. 앞선 두 사람도 그렇고요."

이것이 범인과 다른 초능력자들의 가치 중 하나였다.

평범한 사람이라면 20미터도 채 가기 어려울 것이다. 그것도 수심 20미터라면 더더욱 그렇다.

"그 두 사람도 그 정도 방비는 하리란 것을 예측했을 텐데……."

"에스퍼가 전문 군사훈련을 받은 자는 아니니까요."

담용도 머셔와 위버가 2백 미터 지점에서 장비를 벗고 무호흡으로 목적지까지 갈 작정을 한 것까지는 알지 못했다.

"두 사람이 살아남았을 확률은?"

절레절레.

"전혀요. 폭뢰의 숫자를 생각하면 산산조각이 나서 육편이 됐을 것입니다."

"하면 육 담당관이 해낸 건가?"

김덕모로서는 이 부분이 초미의 관심사라 노골적으로 물

었다. 이유는 이게 확실해야만 추후 결정적일 때 써먹을 수 있기 때문이다.

"그렇습니다."

담용의 어투는 단호했다.

"거기에 대해 증명을 하지요. 크레인을 장착한 여섯 척의 선박이었습니다. 5천 톤급의 선박이 한 척 더 있었는데, 소형 경비정들의 지휘선으로 보였습니다. 어선으로 보이게 흉내를 냈지만, 누가 봐도 구축함이었습니다."

"보통강호일세."

역시 최형만은 북한 정보통인 3차장답게 북한의 사정에 관한 만큼은 해박했다.

"아, 저는 배 밑창 부분에 겨우 떠 있느라 이름은 볼 수 없었습니다. 나머지는 배들의 이름은 기억하고 있습니다. 북한 선박은 천봉호, 강룡호, 혁신호였고, 푸둥호, 진타이호, 칭텅호는 중국 배였지요. 톤 수는 대략 3천 톤 내외로 보였습니다."

직접 다가가 보지 않고는 말할 수 없는 내용들이라 차장들은 고개를 주억거리기 바빴다.

"그 외에도 경계로 나선 어선들이 수도 없이 많았지요."

"지금 둥강시가 물난리로 야단법석이라고 하네. 정말 쓰나미가 덮친 건지 폭발에 의한 건지 여전히 의문이네."

"원래 제 계획은 C4를 이용해 선박만 기울여 침몰시키는 것이었습니다. 폭약이 모자랐거든요."

"흠흠."

이 역시 지원해 준 바가 전혀 없었으니 세 사람은 헛기침만 해 대며 슬쩍 눈길을 피했다.

뭐, 첩보원이라면 웬만한 일은 스스로 해낼 수 있어야 하지만, 그것도 정도라는 것이 있으니 할 말이 없는 것이다.

"그런데 우연인지 어쩐지는 모르겠습니다만 119무경사단의 경우처럼 무기 밀거래 지점의 폭발 역시 쓰나미를 일으킬 정도로 엄청났다는 말밖에는 할 말이 없습니다."

"뭔가 우리가 모르는 폭발물이 유폭된 거로군."

머쓱했던 터라 할 말이 생겼다는 듯 김덕모가 눈빛을 빛내며 급관심을 보였다.

"오죽했으면 핵폭탄이 터진 줄 알았겠습니까?"

그만큼 폭발이 어마어마했다는 뜻.

"허어, 그 정도였나?"

"말로는 표현하기 어려울 정도로요."

불같은 성격답지 않게 조용히 듣고만 있던 조택상이 끼어들었다.

"방송에서 나오는 말하고는 전혀 다른 얘기로세."

"뭐라고 하는데요?"

"지진이 일어난 흔적도 없는데 중국 언론에서는 심해 지진이라 주장하고 있는 실정이네. 그것도 전문가들의 사설까지 실어 가며 그럴듯하게 포장하고 있지."

"그런다고 진실이 덮이겠습니까?"

"그게 모두 그 시각에 미국의 위성이 부재한 때문이라네."

"아!"

담용으로서는 생각도 못 한 일이어서 탄성을 자아냈다.

"중국과 북한이 그것까지 철저히 계산해서 밀거래를 할 계획이었다니…… 전 거기까지는 몰랐습니다."

"개인이 알 수 있는 범위를 벗어난 것이라 봐야지. 게다가 달도 없는 그믐밤이었지 않나?"

설사 위성이 있었더라도 발견하기 쉽지 않았을 거라는 뜻.

"허헛. 두 분 차장님, 무엇보다 한국, 미국, 중국 세 나라 중 우리만이 진실을 알고 있다는 게 재미있지 않소?"

"어? 그게 그렇게 되는군요."

"하하핫, 실로 오랜만에 통쾌한 기분이군요."

비록 세상에 드러낼 일은 아니라지만 언제 이런 일이 있었던가 싶은 심정들이 역력했다.

"허허헛, 얘기를 마저 들어 봅시다. 육 담당관, 계속해 보게."

"예."

이후 담용의 말은 한참 동안이나 계속됐다.

눈 한 번 깜빡이지 않고 열중해서 듣고 있던 세 명의 차장은 담용의 얘기 속으로 점점 빠져들었고, 듣는 와중 내심으로 천국과 지옥을 오가기를 수십 번도 더 했다.

'후우, 할 말이 없게 만드는 친구로군.'

말이야 태연하게 하지만 당시의 상황이 어떠했으리라는 것은 미루어 짐작하고도 남았다.

아울러 몇 번이나 사선을 넘고도 무사히 귀환해 준 것이 너무도 고맙고 대견했다.

게다가 투자라고 한 것은 비행기 티켓과 약간의 출장비가 전부였으니, 그야말로 가성비의 절정을 보여 주는 화수분이 아닌가?

아마도 세계 역사에서 이런 각별한 인재를 둔 국가는 없었을 것이다.

두 명의 초능력자가 해내지 못한 일을 당당히 해내고도 다친 곳 하나 없으니, 초능력자들 중에서도 발군이 아닐 수 없다.

이 어찌 기쁘지 아니한가?

적이라면 불행의 치트키이자 악몽이 되겠지만, 아군인 것이 얼마나 다행한 일인가?

고맙고 미안해서 면목이 없을 지경이었다.

마음 같아서는 있는 것 없는 것 다 퍼 주고 싶었지만, 현실이 그리 녹록지 않았다.

'다른 거라도 최대한 편의를 봐줄 수밖에.'

그렇게 해서라도 마음을 잡아 둬야 했기에 김덕모의 입에서 나오는 말투는 여간 부드럽지 않았다.

"오늘은 그 외에도 논의할 게 많네, 시간을 좀 내주게나."

"아, 저도 부탁드릴 게 몇 가지 있어서 오늘은 다른 일정을 잡지 않았습니다."

"잘됐군. 그렇다면 급한 일을 처리해 놓고 다시 만나세. 아, 저녁 식사라도 같이 하면서 남은 얘기를 하는 건 어떤가?"

"저는 상관없습니다. 김 차장님이 사는 밥은 얼마나 맛있을지 은근히 기대하며 기다리지요."

"허허헛, 이거 괜히 말을 꺼냈나 보군. 부담되는걸."

"하하핫, 김 차장님, 밥값이야 이미 넘치도록 하지 않았습니까? 오늘 거하게 한잔 내시지요?"

"맞습니다. 그러고 보니 육 담당관과 제대로 식사 한번 한 적이 없군요. 제로벡터에 대한 대우가 이래서는 안 되지 않습니까?"

조택상에 이어 최형만까지 거들고 나서자 김덕모도 작심을 했는지 고개를 크게 끄덕였다.

"뭐, 그럽시다. 이따가 7시까지 N2에서 만나지요."

"호오, N2. 오랜만에 가 보는군요. 아마 지금쯤이면 이강주가 익었을 거요."

"감홍로주가 아직 남았을라나 모르겠군?"

"아니, 이 사람들이! 술 마실 생각부터 하는 게요?"

"아, 맞습니다. 저는 감홍로주를 마실 작정이거든요, 하하핫."

"하핫, 김 차장님, 지갑이 얇으면 안 되겠는데요?"

"끙."

조금 불안한 눈빛으로 변한 김덕모가 끌탕을 하고는 조재춘에게 말했다.

"조 과장이 육 담당관을 N2로 안내해 주게."

"알겠습니다."

"그럼 두 차장님만 남으시고 나머지 사람들은 나가 보게."

"예."

과장들을 따라 자리에서 일어선 담용도 밀실을 빠져나갔다.

다음 권으로 이어집니다

문필드 현대 판타지 장편소설
ROK MODERN FANTASY STORY

차원 이동으로 재벌된 남자

고구마같이 답답한 현실,
『차원 이동으로 재벌 된 남자』가
착한 갑질로 뚫어 드립니다!

실직의 슬픔을 낮술로 달래던 비운의 소시민 강준우
방 안 옷장의 빛을 따라가니 눈앞에 나타난 건
게임에서나 봤던 중세 시대 마을?

술에 취해 꾼 꿈인 줄 알았건만, 이게 진짜라고?

정체 모를 액체를 마시고 술이 깬 걸 기억해 낸 준우는
다시 한 번 옷장을 열게 되는데……

차원 이동으로 가져온 물건에 실패는 없다!
양쪽 차원을 오가며 사람들을 현혹하라!

패전처리,
회귀하다

드러먼드 스포츠 장편소설

골라 봐, 랜디 존슨의 슬라이더? 리베라의 커터?
선수 생명을 담보로 꿈의 구질을 얻다!

노력만큼은 세계 최고였던 턱걸이 메이저리거
한 번의 활약도 없던 패전처리 전문 투수 문지혁
은퇴 날 찾아온 야구의 신과 기묘한 거래를 하게 되다

"누구보다 노력한 자네에게 주는 선물이네."

그 노력에, 이 재능에, 회귀까지?
지독한 연습벌레, 마구를 쥐고 다시 마운드에 오르다!